个体崛起

如何循序渐进地撑起自己的野心

Spenser
陈立飞
著

湖南文艺出版社
HUNAN LITERATURE AND ART PUBLISHING HOUSE

博集天卷
CS-BOOKY

时间更自律，人生更自由

INDIVIDUAL
RISE

INDIVIDUAL
RISE

你的平台就是你的一生信用背书，

用来撬动你更大的事业

▲ 总之，你必须做点什么

Photo via Pixabay

你说的话藏着你的气质、思维和世界

既然未来不可测，把握当下就尤为重要

INDIVIDUAL
RISE

INDIVIDUAL
RISE
—
CONTENTS

目 录

序 言

▲

第一章　只有超级个体才能领跑未来职场

001

▲

第二章 相比技能，思考才能让你走得更远

IN A WORD,
YOU'VE GOT
TO DO SOMETHING

Photo via Visual hunt

第三章　认清自己是职场进阶的第一步

第四章

183

聪明职场人懂得用精益犒赏自己

年轻时候偷过的懒，

都会在未来的岁月里加倍还

INDIVIDUAL RISE

忙里偷闲，
苦中作乐，
才是生活真谛

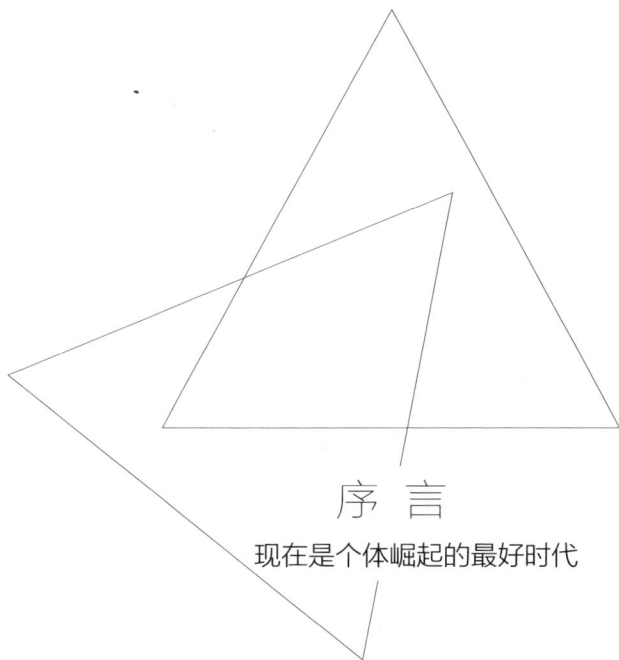

序 言

现在是个体崛起的最好时代

很多人只看到了互联网技术革命对产业和行业的冲击颠覆，却忽视了最重要的一点，就是互联网真正深刻改变的，是每个人的命运轨迹。

过去一年，是我真正意义上的发展元年。

1 在个体崛起的互联网时代，每个人都需要做自品牌

古典老师今年一直在推"超级个体"的概念，吴声写了本书叫《超级IP》，李笑来老师一直在强调，未来商业，一个人就是一家公司。这些嗅觉敏锐的大咖，第一时间捕捉到在互联网时代，个人能量的强大。他们相信个人的价值会被无限放大，达到很多人不可想象的规模。几个人就可以做出一份颇具规模的财经周刊，比如《李翔商业内参》。

"自品牌"算是我自己创造的概念，前些天收到李笑来老师的邀请，在"一块听听"平台上做分享，主题就是"如何打造自品牌让你迅速增值"。因为通过我自己这两年的实践，结合自媒体和商业，结合文字和职场，确实让我从个人收入到影响力，都达到自己一年前想象不到的地步。

所以当投资人、品牌专家李倩老师在跟我聊天的时候说"未来的商业，不再是渠道的竞争，不再是价格的竞争，而一定是品牌的竞争"，我特别同意她的观点。

在人人都可以是自媒体的时代，每个人都需要做自品牌。相信我，它会给你带来意想不到的溢价。

2 人与人的差距，真的不是金钱物质的差距，而一定是思维和格局的差距

今年我自己的身份发生了不少变化，从打工到自己开公司，从员工到老板，从领工资到发工资。职场身份角色的转变，会带来一系列思维上的升级。

我开始理解为什么很多人明明很努力，最后却还是没能摆脱平庸，不是差在行动，而是错在思维。正如人生从来不公平，努力和回报也从来不对等。所以说不能形成和加固个人品牌的努力，都是伪努力。努力是必要的，但决定差距的是在哪个平台上努力。你可以现在没有赚那么多钱，但是你一定要让自己很值钱。

很多人只有薪水思维，没有股权思维，不知道怎么造势，只想要现在，而看不到未来。

李叫兽2016年末成为百度最年轻的副总裁，完成了人生的华丽升级。两个月前我在北京北三环和李叫兽一起喝茶的时候，发现他居然是1991年的，才26岁，让我自叹不如。

对于未来的规划和想法，他的思路非常清晰，所做的每一件事情，都非常聚焦。最终他实现了个人品牌的超大溢价，成为百度最年轻的副总裁。

在我写的《你和头等舱的距离，差的不只是钱》一文中，说了这么一句话——你的思维，才真正决定了你的阶级。

这段时间在筹备自己的学习社群，整理自己的知识系统，希望自己的想法和思考，能给你带来启发。

3 稳定是最大的风险，
动荡才有更多可能

我越来越发现，在如今的职场生态下，所谓稳定，也是一个笑话。

在社会阶级不怎么流动，时代机遇不太多的年代，稳定是好的，是保障，不稳定的风险大过可能产生的收益。但是在如今中国这个到处是风口和机遇、不知道未来是什么样、充满无限可能性的年代，稳定的风险反而急剧增加。因为当四周的浪大了，稳定的船又有什么用呢？不稳定的人反而会更有可能撞上机遇，踩到风口，借着互联网的浪潮，一下子就起来了。

其实在传统稳定行业里的人，比如体制内的公务员，只要他们够聪明，对外界的变化够敏感，这些人往往更焦虑，更害怕落后，更觉得自己需要学习成长。

而在外面职场的丛林里不断打拼奋进、撕裂般成长的人，虽然辛苦，但其实内心是踏实和充实的，他们知道"成长很累，但不成长更累"。因为他们看得到自己的进步，对未来的趋势判断更加准确，职场素质也在不断提升，所以他们也会更加自信。

未来职场，没有绝对的稳定，只有动态的平衡。只会有稳定的能力，而不会有稳定的工作。终身学习已不再是赞美，而是每一个职场人应该具有的标配。

但可惜的是，很多人都还没有意识到这一点。他们还在用传统的老观念老思想来幻想自己未来生活的样子，甚至，那些仅有的思想都不是他们自己提炼的，而是父辈们喂给他们的。

大楼已经开始崩塌，一些人却还想着进入，手里拿着出现裂痕的铁饭碗，眼里充满了即将破碎的希望。

时间过得好快，快到每一个月每一周都在打仗，没有太多时间细细品味当下。

时间又过得好慢，经历太多，起伏太多，收获太多，像一场大戏，像一部小说。

我相信，互联网时代，至少给每个人一次个体崛起的机会。

第一章

CHAPTER
ONE

—

只有超级个体才能领跑未来职场

个 体 崛 起

你的一小时价值多少

几年前我还在香港念研究生的时候，认识一位 BCG（波士顿咨询公司）的高管，她每天都特别忙，不停地飞行，不停地参加会议，不停地打电话。我说："你这么忙，和你聊天都觉得特别有压力，生怕浪费你的时间。"

她说："客观地讲，我们的时间是很贵的，你知道有个词叫 hourly rate（每小时工资率），也就是说如果客户要买你的一小时，市场上价位是多少。"

我说："你的 hourly rate 有多少？"

"700 美金吧。"

我的天，够我当年一个月的饭钱。

1 没有什么成本比时间成本更高

越长大，越发现自己对钱的敏感度越来越差，因为钱肯定会越来越多；

而对时间的敏感度会越来越高，因为时间越来越少。

我一直相信，抽象的时间价值，是可以用具象化的金钱来衡量的。你觉得自己的一小时值多少钱，你的一天值多少钱，基本上就能判断你在什么段位。

网络上有个词一直比较火，叫作放弃你的"无效社交"，说很多社交是没有意义的，只有自我增值才没有浪费时间。这句话是对的，但是判断的标准是什么呢，当一个人的时间本身不值钱的时候，就会很难判断哪些是有效的，哪些是无效的。

因为即使节省了所谓无效社交的时间，多出来的时间，也没有用在发挥更大价值的地方，更谈不上产生更大的收益。所以，对普通人来说，放弃无效社交就是一句正确的废话。

正如另外一句被说滥的"鸡汤"，说"要把时间浪费在美好的事物上"。其实这句话对很多人来说也是伪命题，浪费的前提是有价值呀，如果一个人的时间价值本来就低，哪来浪费可谈呢。

就好比谈恋爱，你判断一个男人是不是真的爱你的标准，不是看他是不是和你在一起，而是他为了你，拒绝了多少个喜欢他的女孩。

普通人和牛人的差别，就是一条：时间成本的高低。

当财富达到一定高度后，你其实自然就会用金钱的价值来衡量时间。你一小时 100 元和一小时 1000 元，甚至 10,000 元，分量当然是不一样的。一个人财富的积累程度和他对时间的吝啬程度，一般都是成正比的。

这时候就会发现，你舍不得花两三个小时去电影院看一部电影，因为花的时间比电影票贵太多，如果电影还不好看，那简直要骂娘；你舍不得花时间和没有深交的朋友吃吃喝喝聊些有的没的，于是你自然摒弃了无效社交；你舍不得买东西的时候货比三家，而更倾向于宁可花多点钱来过滤，你不是用时间换钱，而是用钱换时间。

能用钱解决的问题，就不要花时间——这句话开始成为你的信条。

2 你怎么过一天，就怎么过一生

网上有句话我特别认同：如果你想找人帮忙，去找那个特别忙的人帮忙，而不是去找那些比较闲的人。因为那个忙的人，只要答应了帮你，就一定会很高效地把事做好。反倒是那个闲的人，很可能会拖延低效，最终帮不了你。

所以你会明白，为什么越有能力选择悠闲的人，越是选择忙碌。而事业没起来，本应该忙碌的人，却往往越有时间。

马云前几年演讲的时候说，自己 50 岁之后退休，过自己喜欢的平淡日子。但你看现在他把公司交给下属，自己退休了吗？并没有，反而感觉他在网络上越来越霸屏，越来越忙了。

其实这个是可以理解的，而且是正常的。

因为他的影响力更大了，可以做更大的事情了，选择退休无所事事的成本已经大到根本无法计量。换句话说，他的时间更值钱，怎么舍得浪费。

所以，说白了，这是人性，就像人性里无底洞的贪婪、无休止的欲望。一个成功人士，只会把这些事情的优先顺序做个调整，而不可能只选择悠闲的生活。

财富越多，责任越大。

所以，当假期已经结束，大家都开始回到工作岗位，如果一个人的状态是"假期居然就这么快结束啦，我还想多玩几天，没休息够呢"，那么，很抱歉，这种心态的人，大多数（不是全部）事业还没有进入飞速上升期。

很多人不理解所谓工作狂的生活方式，觉得他们只有工作，没有生活。其实不然，这些人确实在有意无意压榨自己的假期，但他们有一套自己独特的作息时间。或者说，他们并不觉得别人在度假休息，自己就也要休息。

时间更自律，人生更自由。

3 真正的牛人都是反社交的

我发现，当我们还在渴望社交和连接的时候，很多牛人的行为，往往是反社交的。

我们热衷去高格调的场子，就可以结交些所谓的人脉。有什么饭局都要去参与，说不定有意想不到的收获。那时候的我们，会更重视可能存在的价值，而不太关注时间沉没成本。

而你会发现另一些人，他们生活更简单，更有规律，所以更专注，更有效率。因为他们早早开始明白一个道理——大多数事情，都是没有意义的。

所以我有个理论：**你要了解一个人的段位，你只要看他如何处理自己的时间，和如何对待你的时间。**

　　比如我经常不能容忍的就是找别人代购还挑三拣四的人，这就是典型的觉得对方时间不值钱。所以当现在还有人问我说我在香港，能不能帮他代购某样东西的时候，除非我们关系好到不行，不然他就是不尊重我的时间，一定不是我的好朋友，而我一定会拒绝。

　　约会的时候女孩平白无故地迟到一两个小时，没错，一次两次的话可以被原谅，顺便编两句"亲爱的做什么我都喜欢"这样的鬼话。但如果总是这样，我不得不怀疑你的价值观，难道我爱你，是为了被你消耗成没有时间观念的傻瓜吗？

　　别耽误我回公司搬砖了好吗。

　　我有个读者特别有意思，她每次向我咨询一个问题的时候，都会很主动发一个金额不小的红包，并且说如果我没有时间回答也没关系，搞得我都有些不好意思。我说你不用这样，搞得我都没法拒绝，不戳红包是反人性的好吗。她很严肃地说，当彼此的时间价值不对等的时候，这是唯一体现尊重时间的方式了。

　　这不是钱的问题，我也不缺这些钱。这是意识层面的，这情商真高啊。

　　所以，你认为自己的 hourly rate 值多少，就大概知道接下来，哪些东西值得追逐，哪些东西应该放弃。

　　宁可对时间焦虑，也好过对时间无感。

打工者思维的人，未来将被淘汰

这两年自己开公司做团队，从领工资到发工资，从对上级负责到对公司负责，除了身份的转变，其实更大的变化来自不同身份带来的一整套思维变化。

领工资的时候，想的是工资什么时候到账，年底奖金有多少，明年会不会加薪，我出了多少力，拿了多少钱。而做老板呢，想的是我花出去的工资和成本，未来怎样才能赚来更多的钱，如何让团队和自己的时间价值最大化。

慢慢地，我发现，自己原来那一套打工思维所带来的局限和陷阱，就是很多人的职场天花板。

1 打工者思维挣现在，股权思维要未来

两者最大的区别在于：打工者思维更多追求当下的稳定，所谓稳稳的

小幸福，每天的小确幸；而股权思维更看重的是未来更大的想象空间，甚至可以为此牺牲还不错的眼前利益。

说白了，打工思维要的是现在，一分钱一分货的小作坊买卖心态；而股权思维要的是未来，可能一夜暴富，也可能一无所有，玩天使投资和杠杆，多少有点赌徒心理。

我倒不是说看重现在就是错，看重未来就一定好。因为这本质上属于风险保守型和风险激进型的区别，风格不同，没有对错。但问题是，在现在这个时代，哪种思维更有利于长期发展呢？

这个时代，如果还有人跟我谈稳定，谈保障，我会觉得是个笑话。不管愿不愿意，我们都被抛进时代快速发展的旋涡里了，而且未来的加速度还会越来越大，我们现在处的，不怕文艺的说法，既是最好的时代，也是最坏的时代。

2017 年，我相信很多行业都会重新洗牌，或者加快洗牌的速度。我相信传统银行业的日子会更加艰难，互联网金融会渐渐满足大众理财需求，当政策更加开放，全套金融服务体系将更完善。我相信线上教育会真正迎来春天，看喜马拉雅、得到 App（第三方应用程序）平台增长的付费用户和不断进场抢夺赛道的投资人就看得出来，传统线下教育的市场份额会逐渐缩水。再加上 AI（人工智能）和 VR（虚拟现实）正以超乎我们想象的速度奔向大众的视野，更多行业会失守城门。

我经常说，我的总结只代表过去，不代表未来。我的未来判断，也只看到三个月。这点我特别欣赏混沌研习社的李善友教授，每次他发表完长篇大论，末了都要加一句，我所讲的，可能都是错的——我很欣赏他这一点。

或许在不远的将来，会有一大批所谓工作稳定、旱涝保收的人在困惑，为什么人家的收入在指数级增长，我的收入却连维持基本的线性增长都困难？

虽然互联网的想象空间很大，但我觉得还是有很多人低估了互联网对自己生活和职业的冲击。

"眼看他起朱楼，眼看他宴宾客，眼看他楼塌了。"

今后，这种场景我们会习以为常。

那些执着于当下打工者思维的人该醒醒了，只看当下的人，一般都赢不了未来。

2 打工者思维的人，在意所谓价值对等

给多少钱，就卖多少力气，其实这是在扼杀自己的职场未来，拿自己的青春开玩笑。

我的观点一直是，选工作的时候，薪水是应该考虑，但绝对不是第一位考虑的因素，而更要看你工作的平台和你跟的老板如何。**平台决定你的眼界，老板往往能升级你做事的思维**。好的老板会经常让你觉得自己的想法是：too young too simple, sometimes naive（太年轻太简单，有时天真）。

同样两个人，目前都是一个月一万的薪水，但因为平台和老板的不同，几年后，可能一个人月薪十万，另一个人却只有一两万，或者更惨，甚至面临失业。真的，这样的现实例子太多了。

年轻人一定要争取到好的平台去发展，哪怕人家不付给你薪水，哪怕给他们端茶送水做实习，因为你其实是在投资你自己和你的未来。如果去一个普通的平台赚一些固定的小钱，等于把自己最宝贵的几年青春贱卖了。

你事业的大小，除了与平台的大小有关外，更重要的是取决于个人的天花板在哪儿。打工者思维的人，往往把一份工作想得太浅了。

我前段时间经常责备我团队的人，把我教给他们做的事情想得太简单了，能不能多思考几层，多想几个维度。

比如你做的是助理，弱者思维的人会认为这份工作就是个打杂的，处理一些简单的琐事就好；而强者思维的人，会把这个职位当成公司的最强资源拥有者来对待。

比如我自己公众号的助理，除了帮我写的文章做校对和排版外，其实她也拥有了我新媒体这块的几乎全部资源。一些品牌方来谈商务合作，一般都会先联系她，因为我自己没那么多时间，所以她就拥有了对接各个品牌的人脉资源和渠道关系。她运营我几十万用户订阅的公众号，和去运营几千几万订阅的公众号，整体体验和感受肯定是不一样的，思维方式也会差很多。

不管她现在从我这里挣多少钱的工资，那都是小价值；她真正的收获，是得到面对和处理各类问题的思考方式以及更优质的人脉资源。这两点会让她价值倍增。

这世上从来没有简单肤浅的工作，只有简单肤浅的人。

3　永远别用静态的眼光看世界和自己

很多人都是自我设限，自我封闭。我和朋友或团队聊一些新鲜项目的时候，经常听到的话语是：这个我不擅长，这个我不知道，这个以前没有做过呀，然后就觉得和自己没什么关系了。

不会那就学呀，不懂那就去理解呀，没有尝试过，所以才更要看看可能性啊。

因为怕犯错，怕打脸，怕没面子，于是小心翼翼呵护自己可怜的自尊心和仅存的骄傲感。

但是如果一个人永远只做自己能力范围内的事，收获的就只是价值的存量，就无法产生新的收入增长点和价值增长点。所以你的收入和能力，永远只是一条可预见的，并不令人兴奋的线性增长曲线。

也许在目前的环境里感觉很舒服，但是，相信我，**这个年代，任何舒服，都只是暂时的。**

互联网高速发展的特点决定了我们在做事业的时候一定要做增量市场，而不要做存量市场。增长才是这个时代最有魅力的词语。

但是，增长是要付出代价的，需要一颗好奇的心，需要一份尝试新可能性的勇气，需要不怕失败的强大心脏和自嘲自黑的幽默心态。

最重要的，就是承认这个世界是动态的，很多事情你是看不懂的，但是，你要去做游戏的参与者，而不是旁观者。

所以，从"我应该不行"，换成"要不试试，可能很好玩"。

你要相信，这世上最大的风险，就是什么都没做。

还在用静态的眼光看这世界，你只会越傻越迷茫。

和时代共振，你才会找到既焦虑又舒服的频率。

最后想说，毕竟大多数人都处在资本积累的初始阶段，所以我们都是打工者。虽然是打工者的身份，但一定要跳出打工者的思维，因为：**今天越安逸，明天越危险。**

人家都出轨了，你为啥还没上轨

　　每当微博热点爆出明星出轨的新闻，我的第一反应是，我的天，又多一个；第二反应是，估计今天的公众号写手们有的忙了，这种实效性的热点，必须要蹭啊。果然，几个小时后，关于婚姻的爱与性，关于出轨的道德与审判铺天盖地，连保险业也伺机打劫凑个热闹——"再多的甜言蜜语都不如保险的不离不弃"。想到当年的王某某、陈某、文某等，都是一样的套路，类似的角度，好热闹，好无聊。

　　好戏再好，看多了，也会厌倦。咀嚼的，都是别人情场的风流，咽下的，永远是自己生活的苦水。

　　有一次，我和我助理聊起这些话题的时候，她叹了口气，抱怨了一句：为什么人家都已经出轨了，而我还没上轨？

　　我眼前一亮，破口而出——我天，你这角度厉害呀。好话题！

　　对呀。撇开那些被说烂的话题，抛弃所谓的道德是非，好好问下自己，为什么自己也辛苦努力，却没有踏上职场的快车道、人生的加速轨道。

朋友经常和我说，Spenser（作者英文名）你这两年的人生是开了挂呀，起来的速度也太快了。读者们经常给我留言说，一直看你的文章，看到这样的成长速度，觉得当时你还没起势的时候就关注你，果然没有看错。

我有时候也会对比自己的过去和现在，为什么都付出着同样的努力和辛苦，过去几年压根没起来，甚至还越活越觉得未来没有希望，而现在却以自己当年根本想象不到的速度在上升。区别到底在哪里？

现在我也想做个梳理，和大家聊聊自己切身的经验，反思总结。

① 努力是必要的，但差距在于在哪个平台上努力

我以前当老师的时候，那日子过得其实比现在还要忙碌。教书的时候传播思想、知识、理念、价值观，给两个班级100个学生传道授业，而且一传就是三年，一样的用户群体，量小，且没有增长。而现在在公众号上写文，也是传播理念、价值、态度，却是在互联网的平台，面向几十万的用户，偶尔写几篇爆款文后，更是达到几千万的传播量。那是完全不同的两种量级。先说明，这完全是个人选择和观点表述需要，无关对错。

同样是个人品牌，因为在不同平台的曝光，达到指数差别的传播率和影响，从个人品牌成长的角度来看，哪个更强，一目了然。

前段时间在北京和如今新东方的明星讲师艾力一起吃饭。艾力在上综艺节目前，在新东方算是一个中等偏上的普通讲师吧，但后来因为连续参加了《超级演说家》，再后来上了《奇葩说》这类千万级曝光量的节目后，

身价暴涨，知名度和影响力暴增，一跃成为新东方头牌。比普通新东方老师的晋升之路，快了不知道多少倍。那么问题来了，艾力的光速上升，并不是因为讲课水平突然变好了，而是在一个更大的平台上展示了自己。所以他的努力，会得到巨大的回馈。

所以，明白了吗，**你所有努力的回报，不光是和努力程度成正比的，还与你所在的平台规模是正相关的。**

所以，不要再用努力的姿态来感动自己，而是要静下心来反思下，我的努力，如何放在更大的平台上。

所以，那些一直在大城市打拼的人，哪怕每天忍受着早晚高峰，租几平方米的空间，面对焦虑的城市节奏和并不怎么明朗的未来，其实真是值得尊敬的。因为大城市的平台，确实给每一个打拼的个体更大的想象空间，更多的人生可能。

我们可以忍受当下的局促，因为我们要的是未来。

2 不能形成和巩固个人品牌的努力，都是伪努力

刚才讲了要在更大更高的平台上努力，那是努力的横向坐标，而努力的纵向坐标是，你所做的事情，努力的方向，都是为了形成自己的个人品牌，都是为了巩固个人的标签。

年轻的时候，赚不赚钱都没关系，因为在我们看来，你现在赚的钱都是小钱；你现在存不存钱也都没有意义，因为存的钱一般都买不起房。

你可以现在赚不了大钱，但是你一定要让自己越来越值钱。

我在给大学生或研究生们分享的时候，经常讲到的观点是，职场上尽量不要从事不利于自我品牌认知的事。比如你开个滴滴专车，一个月也有上万元收入，但是人家的品牌认知是对滴滴，而不是对你。说白了你是没有价值的，所以未来收入也不会因为经验或经历有大幅增长。

比如我的公众号随着用户订阅量大了，也会接一些我看得上的，或者我自己喜欢的品牌，在文末给他们植入广告，但其实心里清楚，写广告好处是给自己带来不错的现金流，但无法形成除了 IP（知识产权）之外的个人品牌价值。想明白这点后，一定会在不久的未来，在做好个人品牌的前提下做出取舍。这点在商业上很好理解，举个很简单的例子，你给 100 个不同的品牌打广告，和给自己个人品牌做 100 次宣传，前者除了推广别人的品牌外不会给自我品牌带来溢价，而后者是有品牌沉淀，形成品牌价值的。而品牌价值，意味着更大的商业价值，更大的未来。

所以现在很多机构和公司来和我谈合作，我会和他们说，如果你只想让我做个通道或渠道，那我们就不谈了吧。要么我们参股，要么我们控股，总之，我们合作，一定是奔着更大的未来，而不仅仅是有一单做一单，赚点快钱而已。

在职场上也一样，我们所做的任何事情，其实都是加固别人对你个人品牌的认知，不管这个品牌是好的或是差的，当然我们是希望往好的方向去努力。因为一个人没有品牌，就没有信用背书，就没有背后的商业价值，就更不用谈品牌溢价了。

那么问题来了，我们怎么做才能形成自己的个人品牌？

品牌最大的朋友或者敌人，都是时间，因为**时间才能沉淀出品牌价值。**

③ 以时间为轴，塑造个人品牌，一是深耕，二是迭代

深耕其实挺好理解，就是在一个专业领域不断精进，**做到极致**，成为行家，成为细分垂直领域的品牌标签，得到别人或至少行内认可，个人品牌自然就出来了。

迭代会更加高级，因为深耕是静态的，而迭代是动态的，是根据外部环境的变化或者自身进化的需求进行的。因为社会在进步，技术在提升，就要求每个个体不断更新。

尤其在如今的互联网社会，任何商品的迭代速度都越来越快，看智能手机的厮杀就知道了。你只能领先几天，后面全是追杀。

没有迭代能力的品牌，即使形成了品牌势能，也会在时间的洪流下，被凋零，被遗忘。

我再反观自己，我觉得自己很幸运的是，这一两年确实自己的职场、生活、思维都在不停地更新迭代，所以还算没有让那些一直关注我的读者失望，觉得我还是有营养有干货，没有浪费他们关注的时间。

以上几点，就是我自己发自肺腑的反思总结。

所以，年轻的我们，少谈些出不出轨，多想些怎么上轨，好吗？

你的圈子，就是你的未来

有一次在上海五原路一家颇有调调的别墅里，和钱皓见了面，聊关于新媒体未来垂直内容的商业模式，互联网金融和跨境金融的未来。

钱皓是微博和公众号大 V（获认证的意见领袖），自带光环和流量，之前在 IDG（美国国际数据集团），对行业的洞察和判断前瞻且独特。

和资深的投资人聊天，大脑是要烧一会儿的，因为往往一个问题会往下挖好几层，挖到本质，挖到人性。

聊天的过程中，他说了很多观点，其中最让我有共鸣也是谈话中最有价值的点，是这句话：**"如果真正想做一件事，就一定要尽早地融入行业内部圈子，更加核心或者更加前端，圈外人只有等到变化了才行动，就太慢了。"**

我自己是心有戚戚焉的，真的就是这样。

1 圈子就是眼界和格局

人们常说一句正确的废话：选择比努力更重要。但问题是如何做正确的选择呢？前提是要有更高的眼界和更大的格局。那么再挖一层，如何获得更大的格局，更高的眼界呢？

你的圈子，决定了你的眼界和格局。

在各个行业，圈子外的人，看到的是发生的现象；圈子里的人，看到的是内在的逻辑，才会早一步嗅到行业目前的变化和未来的方向。在事件还没有成气候前，在获得大众认知和理解前，提前做好布局，早踏出一步，获得宝贵的时间优势。

要知道，现在的商业，做一件事情，时间的早晚，往往是能决定成败的。**一条赛道就那么多人，早进来的人就卡住了位置，外面的人，要么没机会进来，要么花更大的成本挤进来。**

就像微信公众号，2013 年罗辑思维、和菜头等第一批进场的时候，一片蓝海。2016 年罗辑思维 700 多万用户订阅，13.2 亿估值，论商业变现能力，可以说是互联网第一大号；2014 年财经作家吴晓波开了吴晓波频道，抢占财经自媒体领域，不到两年时间积累了 200 多万用户订阅。其实论当年的江湖地位和名气，吴晓波是在罗振宇之上的，就是因为来晚了。2015 年大家都看明白自媒体的 IP 魅力和流量价值，开始纷纷抢占的时候，此时的获客成本已经很高。

蓝海已经变成红海。今年当还有人说我想开通个微信公众号来创业的，我们只能表示呵呵了，大哥，现在都已经是直播和移动视频的时代了好吗。

而圈外人最担心的，并不是研究战术不努力，而是想错或者是想偏了战略方向。

大势已去，无力回天。

钱皓说，今年 AI 和 VR 很热很火，但是并没有真正体验过，无法理解这个技术革命的价值，前段时间去了趟硅谷，开始真正相信这玩意儿真的能改变世界。

你不在这个行业内部圈子里，你无法深刻理解一样事物的现在和未来。等大家都理解，都明白过来的时候，你再进场，就没什么机会了。

不要等风走了再行动。

2 圈子就是平台

我之前的助理半年前拿到了上海奥美的 offer（入职通知书），开始了广告人的职业生涯，这半年我和她都在各自领域低头耕耘，联系不多。昨天在上海的时候，约她吃了午饭，从气质、谈吐、想法，能看出这半年她在奥美的撕裂般成长。

"在这里，能够跟甲方全球级别的人一起开会，内心经常很心虚，想想就我这资历，怎么可能呢。"

她说到奥美后，陆续收到了好几家当年她投简历时被拒绝的公司的offer，之前是 3.5A 级的，现在她是 4A 了。

之前爱搭不理，现在高攀不起，算是对这句话的诠释了。

况且还那么年轻，就踩在了一个较高的平台，前途不可限量。

我现在开始有这样的体会，就是不同级别的平台，对一个人同样程度努力的付出所带来的效益，完全不是一个数量级的。

就像之前是靠贩卖自己的劳动力赚钱，后来开始用资本赚钱，再往后开始直接用资源赚钱，付出可能越来越少，但是回报越来越大。一个人如果一直长期处在同一个段位的平台，尽管吭哧吭哧地辛勤劳作，顶多就获得稳定线性增长的收入或成长曲线，肯定追不上房价增长的速度。但是如果能进入一个更高的平台，会发现整片天空都是不一样的，思考的高度和连贯度也大有长进——恭喜你，进入职业的快车道了。

并不是说努力不重要，只是，我们真的需要有更正确的努力姿势。

因为在当下，辛苦是廉价的，对吧。

3 圈子就是城市

做文化传媒和互联网的，多半都要搬到北京来，哪怕北京各种硬件设施实在糟糕，就是因为这些圈子都在北京啊，行业最优秀的人和最雄厚的资本在这里，你不来到这里，就可能一直是雾里看花，隔岸观火。看到的不够直接，就导致理解不够深刻，就导致行动慢半拍，导致一直都是圈外人。

一线城市的房价暴涨，除了周边城市也跟着涨，其他二三线城市似乎没什么动静，这就是一线城市巨大的虹吸效应。其实圈子也是一样，资本和人才都在高密度的地方。

有很多人不满足于现状，不甘平庸，但是又不知道从哪里开始改变，因为自己四周的圈子就是自己眼界所能及的世界，看不到更多元的可能性。差不多的状态，差不多的阶段，差不多的收入，差不多的思维方式——四周没榜样，标签找不到。

所以我为什么还是一个大城市论者，说白了，就是**圈子更密集，更前瞻，带来更丰富的可能，更高维度的视野**。

当身体在城市圈子里的时候，每天都有可能与四周的讯息、各个行业的人，发生碰撞，擦出火花。说不定某个机会或风口就被你抓住，一下子起来了。

如果你在千里之外的小城，除了每天冥思和臆想，难道要等机会自己长腿飞奔向你吗？

我平时一半的时间在香港，另一半的时间在北上广深杭。没办法，资源的密集度，让业务集中在这些城市里。前段时间新世相的活动"四小时后逃离北上广"，撩了大众想要短暂离开的敏感神经，但心里都清楚，这是逃离不了的北上广。

这些城市，就像是黄埔军校，在这里历练几年，思维、格局、想法，都会不断地更新和迭代。**和时代同步，是很重要的。**

当然，这不是没有风险，因为进入一线城市并不保证一定会融入圈子，在城里的大海里淹死了，或者一直漂浮着上不了浪潮之巅，也是大概率事件。

风险和收益的规律，放在哪里都合适。

就像当年如果我肉身没有选择去香港，就赶不上大众海外资产配置的这一波浪潮，也不会想到开公众号做自媒体，就不会有后面的故事。

你也许不能预见未来，但至少能增加被幸运女神看上的概率。

不管未来是什么样，总要先把自己这副皮囊扔进这座城市，呛几口水，只要没有淹死，慢慢学会游泳，慢慢学会掌控，当下一波大浪真来的时候，看有没有机会，站上浪潮之巅。

还有一点，进入一个圈子，和融入这个圈子，是两码事。毕竟，真正混好圈子的难度，不亚于混进一个阶级。我们能做的，也只有不断修炼自己的核心竞争力，成为行业专家，获得业界认可，获得江湖地位，才能真正成为圈内人。

另外，时间别拖太久，一步慢，步步慢。

去大城市奋斗？你需要三思

某年年初的时候，上海的房价又迎来一波大涨。我的一位客户前一年准备出手买上海的房子，耽搁了，这一年得花更多的钱。

他无奈调侃：上海的入场券，是越来越贵了。

我苦笑：何止是上海，北京深圳香港，哪座城市的门槛低了，没有最贵，只有更贵好吗。

有时候觉得，大城市吧，就是一个"吸血鬼"。

大城市吸掉你最好几年的青春和精力。你白天堵车，晚上加班，租着香港不到七平方米的卧室，为了省租金恨不得去当"厅长"；吸着北京的雾霾，还自嘲说霾是"北京醇"。你存不了什么钱，你投入了所有，你帮助创造着这座城市的奇迹和繁荣。

即使这样，但并不保证一定能拿到这座城市的入场券。

而且，最终没拿到入场券，是大多数人的宿命。几年后，容颜已回不去，蜕变却没到来。

当他们黯然离场，城市都听不到他们离开时的叹息，因为这座城市的聚光灯，都打在成功者身上，城市的麦克风，都握在成功者手里。在一座胜出率不会高于20％的城市，你能做的，就是和内心的不甘握手言和。毕竟，我们中的大部分人，都不会成为传说。

所以，有时候我也经常问自己，当年义无反顾地离开家乡，巨大的放弃，巨大的投入，来争取这种小概率的成功，好像和赌博也没什么区别。

在香港中环交易广场，有一个露天场所，对面是维多利亚港，另一侧是干诺道中，旁边围着是 J. P. Morgan（摩根大通集团）、IFC（国际金融中心）等一批金融写字楼。坐在这里喝咖啡，阳光能照到自己，感觉很好。从写字楼里出来的人，男士金融范儿，女士白领风。抽着香港特有的白色烟，他们不太多说话，一般都微皱着眉头，或者低头看看手机，或者抬头看看维港，眼神复杂，经常放空。我看着他们，想着，他们在最贵的地段，领着比普通人多几倍的工资，做着一般人都羡慕的工作，他们此刻在想些什么？他们对自己的事业和生活满意吗？

都知道中环的夜景是最美的，因为中环的写字楼里晚上加班的最多。去坐下晚上十一二点中环站的地铁，车厢里灯光明亮，全是西装革履的人，你会误以为这是傍晚下班的点。

这时候，你能由衷地体会到一句话——**看到的都是光鲜，看不到的都是苟且。**

上一周在北京，见了一些互联网公司的人，很多都是90后，年轻，热情，眼里装着梦想，笑容让你觉得北京好年轻。我特别希望他们能够拼出来，几年后心里踏实下来，可以在这座城市继续下去。在北京的姐家，坐着喝茶，聊着北京和香港同样作为一线城市的生活成本的区别。我说在香港你月薪低于 15K（15,000 港币）就不要谈体面。她说这样比起来，北京就是一个特别包容的城市，月薪低于 5K（5000）人民币的人也有他们的活法。

确实，在大城市，如果你真的想留，一般都能留下来，只要你愿意降低生活的品质。但是，我想问的是，那留下来之后呢，留下来就一定是正确的吗？

前几年我一直天真而坚定地相信，年轻人一定要来大城市发展，因为机遇多，平台好，能力增值快。而现在，我不会那么激进，我会更保守地认为——有些人，也许就是不适合，和能力没有关系。

有人无法容忍未来的单一确定性，于是跑来大城市寻找不确定和未来的想象空间；而另一些人就是希望稳定的安全感和每日生活的小确幸，这些人，说实话，大城市未必适合你。人各有活法，大城市的生活状态，也只是适合一部分人而已。

比如以前在家乡的时候，夜晚一个人开车到海边，你觉得整条海岸线都是你的。当年的我，因为生活太单调而苦恼，因为未来太确定而迷茫，但是不会没有归属感，从来没想过在小城市怎么活下去这种基本问题。

以前担心的是过早的 settle down（安定下来），现在担心的是再努力也不一定能 settle down。当年的焦虑属于灵魂焦虑，现在的焦虑是生存焦虑——这怎么还越活越低级了。

有人说，在大城市混不好，大不了回家乡嘛。

我表示呵呵，开什么玩笑，回不去了好吗。

千万别天真地认为，当大城市的门逐渐关闭的时候，家乡的大门还永远向你敞开。错了，家乡的门和大城市的门，都是同时在关闭的。

我自己的经验是，有一批人，毕业后在大城市混那么一两年，再回二三线城市或回家乡，这些属于及时调头的。但是一般工作三五年的，即使还没有混出来，也一定要苟活地赖在大城市不走了。第一，这几年的时间成本、事业积累和社交圈子已经放在这里了，回到家乡重新开始的成本已经巨大。第二，很多事业的机会就是只有一线城市才有的，资本实力，就是在一线城市聚集，没办法的。在北京工作的人，搬去上海深圳发展是有可能的，甚至在旁边的天津都不太会考虑。回家乡，武功就废了。大城市的生存技能到了小城市施展不开，小城市需要的资源大城市带不回去。所以，家乡人民并不需要你。

现在市场上特别需要一本大城市生存指南，有哪些技能，能让我们活在人城市，内心不至于总是处在间歇性崩溃的边缘。我提供几个不成熟的小建议。

1 在大城市，千万别玻璃心

要知道，自己的喜怒哀乐，对这座城市而言，根本微不足道。城市的本质是流动和动荡的。要接受没有什么是确定，更有没什么是你可以掌控的。玻璃心的人，更容易焦虑，更容易没有耐心，更容易情绪失控，更容易吸收城市带来的负面气质，周围的人流只会让你更加没存在感，城市的灯光会让你迷失得想哭。

此时如果还闹个分手，或爱人离开了你的城市，真是分分秒秒都怀疑自己在这个城市的意义。

伤感的情歌，都市的背景；情感的话剧，外滩的背影。所有人认识所有人，所有人都是城市的孤儿。

都是这个套路。

我现在特别欣赏那些有自嗨和自黑气质的人，这是在大城市生活保持好心态的必备技能，每天的生活，就是一种修行，小隐隐于山，大隐隐于世。

把城市生活，当作一场修行。**反脆弱的能力，很重要。**

2 给自己设一个在这座城市的截止期

前两天回香港浸会大学，作为学长，在给马上毕业的研究生学弟学妹们做了一场关于职场的交流。被问到关于毕业后留在香港还是回内地的问题，我想起我当年毕业的时候，在毕业酒会上，也同样面临这个选择。一位老师和我讲了这么一句话："如果你想留在香港打拼，给自己一个 deadline（截止期），不管是一两年或几年，关键要定好目标，不管是薪水还是其他，无论如何，要有个目标和 deadline。能达成，就继续留下来，不能达成，就走。"

在大城市奋斗和在小地方工作的区别在于，在大城市奋斗的时间窗口是有限的。两个原因，第一，你要付出更多的努力，才能过上普通人的生活，光房价一条，就排除一大片；第二，你身边的人的素质往往都不差，和优秀的人一起竞争，不进则退。

而 deadline 是你内心的一剂猛药，而不是一碗鸡汤，会要求你随时开启人生的 hard（困难）模式。既然 a city never sleep（城市不息），那就 a life never stop（生命不止）嘛。免得浑浑噩噩的，日后陷入更加尴尬和焦虑的境遇。

3 哪有什么胜利，最后拼的都是体力

之前和一位在麦肯锡工作的朋友吃饭的时候，我问她在麦肯锡工作最重要的素质是不是聪明？她说，表面上看是这样，但其实吧，在麦肯锡最重要的是两个字——"结实"。

"做项目的时候日夜颠倒，一周工作超过 100 小时。聪明只是进入这个行业的门槛，最后拼的都是体力。"

职场上看中的是结果，不在乎过程。身体素质不行，演不了苦肉计，得到的不会是同情，而是被替代。

大家都不是精力无限充沛，激素无限储备的小年轻了，身体也是有 quota（限额）的，现在过度了，以后就没有了——省着点用。

总之一句话——进城有风险，决策需谨慎。

贬值还是增值，取决于你自己

朋友在香港开公司，为了申请各类金融牌照，并购一些公司，每天衣着光鲜地穿梭于各种饭局和半岛的下午茶，她已经开始产生恐惧了。

那天中午，香港下着雨，她从一幢写字楼去另一幢写字楼谈事，时间着急，太匆忙没带伞，被淋感冒了；还有前几天，大半夜应酬吃饭，喝了白酒，夜晚 11 点坐出租车回九龙的高架上，胃实在忍不住了，停了车，在高架上冲到旁边对着塑料袋呕吐。

我说你这身家也不少了，干吗这么拼？

"要不然怎么办，租着这么贵的办公室，员工要养，不做事，每天坐着亏钱吗？"

她长叹一口气——现在，每天都在和时间抢时间。

以前我不太明白有些人会"奢侈"地放弃一些我们梦寐以求的东西，比如不去国外旅游，比如拒绝参加一个海外会议，甚至放弃公司出钱去读MBA（工商管理学硕士）的机会，简直太暴殄天物了。现在明白，同样的时间价值，花在这里，就一定放弃了另一种更丰富或更值钱的机会。我们崇拜的东西，别人选择割舍，说白了，还是因为不一样的段位。

所以，随着我们的成长，我们的眼界和思维决定的，何止是对世界的认知——时间的价值，也会被重新贴上标签。

同时，一定会慢慢认识到——**时间，是最大的风险。**

世界越来越大，能做的事越来越多，降低时间成本，提升单位时间的效率，会是我们越来越重要的功课。

有一种风险，叫"什么都没做"。

"鸡汤"告诉你：如果你知道去哪儿，全世界都会给你让路。

现实问题是：我怎么知道要去哪里。

所以鸡汤就是鸡汤，给汤不给勺，给一个包治百病的所谓单一解药，甚至都不说明如何拆封包装。

就像目前人民币的尴尬现状：货币恐怖地增发，眼睁睁地看着手里的钱被稀释和贬值，如果前些年人民币至少还是"对外升值，对内贬值"，如今已经"双贬"了。但是海外投资受外汇管制，国内投资又各种凶险。虽然理财规划师天天扯着嗓门喊要分散风险，"不要把鸡蛋放在同一个篮子里"，废话，我也知道啊，我也想投资，但是往哪儿投呢，现在哪个篮子是安全的，难道还要逼着去炒一线城市的房吗？

然后吴晓波说：只有创业和股权投资才能扛住泡沫。

实在是逼得没辙了才会用的招数，和"大众创业，万众创新"一个套路——创业和股权投资当然能扛住泡沫，但是风险呢？

当人民币在用肉眼都能看得见的速度贬值的时候，让钱在银行躺着，是最大的风险。

所以，明知可能有风险，还是要把银行里的钱投出去。初期该交的学费要交，栽的跟头也要认，直到慢慢开始会辨别哪些靠谱，哪些是忽悠，至少不会因为送一瓶色拉油就去买理财，直到明白哪些钱该用来保命，哪些钱该选择激进。

In a word, you've got to do something.（总之，你必须做点什么。）

而在职场上，"什么都没做"并不是表示不工作，而是所谓的"混职场"。

貌似每天打卡上班，貌似一天八小时工作时长。但是，工作不上心，能力不见长，做错事不反思，工作的意义是等月底的薪水，这就是职场上的"什么都没做"。

别忘了，职场成长的窗口期也是没几年。

要么好好做，要么快点滚，不管喜不喜欢，总之，"混"的心态，是慢性自杀，是对自己极大的不负责任。

我现在很反感的一句话是"我也不知道要什么，这份工作先做着再说"。

什么叫作先做着再说，你以为工作是王菲的词"边走边爱，人山人海，拿着车票微笑着等待"吗？

你还在微笑，车子早就跑远了。

面试官在面试的时候，为什么一般都要问你的长期愿景是什么，你的短期目标在哪里。你只要告诉他，有哪些成长的需要，要达到财物哪个阶段的自由，至于是属灵还是属世界，都不重要，重要的是你知道你想要什么，再谈接下来的匹配问题。

你永远无法叫醒一个装睡的人，同样，你也很难拖起一头想要赖床的猪。

这样的员工，面试官是肯定不想要的，你浪费青春是你的权利，我也不想浪费我的时间培训你，各自互道珍重就好了。

另外，无谓的负面情绪，也是消耗时间的杀手。

总有些人，看城市繁华的灯光就内心苍凉孤寂，听窗外的雨声一定要陷入莫名的忧伤。

迷茫，纠结，犹豫，愤怒，抑郁，这些负面情绪，就像女孩的生理期，每个月都会来。正常，人之常情。对于情绪，成熟与非成熟的区别在于，成熟人的这些负面情绪一年来几次，偶尔释放，控制有方，不会侧漏；不成熟的人，搞不好负面情绪恨不能一周来几次，而且每次来了，都肆意打开情绪的阀门，任其泛滥，任其溃败，淹没内心的灯塔和明天的希望。

就像睡眠，正常人睡个六七个小时就够了，换来白天精神抖擞；但如果超过了这个时间，睡个 12 小时，换来的不是精神更好，而是更加疲惫。这就是"过犹不及"，还浪费了一大早宝贵的光阴。

你听着薛之谦伤感的情歌，天天陷入自虐的愉悦忧伤，人家生活里可是段子手。演绎者尚且在情绪里切换自如，倾听者又何必自作多情，真是作了把好死。

你又不是文艺创作者，你的情绪转化不成美妙的音符和感动的文字，换不来商业价值，省着点用吧。

"情绪"这种货币，"滥发"了之后，也会通货膨胀，也会贬值。一个处事专业的人，偶尔透露下情绪的另一面，如同福利，有惊喜感。如果一个人天天如同祥林嫂一样嚼烂舌根，只会留给别人一个满意的同情，而已。

太 cheap（廉价）了。

别装，别端，别作，忧伤了今夜，明天又不会变得更好。

忙碌的人，没有时间难过，没有时间忧伤，也没有时间高兴。爬上一座山头，喜悦一分钟，就要重新背起行囊，攀下一座山。好风景，都在路上呢。

要现实的理想，做世俗的文艺，别那么市侩，也别那么矫情。要明白人生本来就不公平，也相信越拼搏越幸运。这片热土，赚钱的速度赶不上印钞的速度。有多少人在这里开出了花，有多少人在这里留下了泪。年轻的时候，别谈莫须有的诗和远方，**如果不想在中年的旷野上一片荒芜，现在的工作，就是诗和远方。**

未来，才能有机会，做个活得明白的"资本家"。

要赚未来的钱

"我对于赚当下的快钱，已经没什么兴趣了。"

一天晚上和 Effie 在红磡新开的 Kerry 酒店的长廊散步，她的投资公司希望投资我的新媒体。

"我们认识两年了，我是一路看着你长成现在的样子的。我们入点股吧，让你们发展得更快。"

我想我肯定回不去领固定薪水的工薪阶层的固定收入模式了。

没有想象力的事情，不值得做。

当年是演员，如今是投资人的任泉有一次发言说，他尝到了股权投资的魅力，这两年赚的钱，比他过去那些年做演员的收入总和还要多。

一次性买卖，其实性价比最低。

我的公众号去年开始了一些商业上的变现尝试，比如广告，比如课程。一开始我觉得挺开心的，一篇文章就可以卖好几万，算是半个躺着挣钱的模式了。但是写着写着，觉得又没有太多意思。因为广告收入最致命的一点，属于一次性买卖，我写篇文章，拿一笔广告费。虽然从时间投入的成本来说，单位时间效率已经很高了。但是这种一锤子买卖的生意，犹如春药，如果一直希望用这种模式来赚钱的话，其实是赚了现在的钱，而失去了未来。

为什么这么说？

第一，广告不能增值你未来长期的品牌价值，而是在消耗。

第二，广告收入是有天花板的，一个月100万撑死了，没有太大的想象空间。而走资本市场的同道大叔，也就是这么几年时间，估值几个亿，自己套现了1.8个亿。这是完全不一样的商业路径。

第三，以我现在的时间沉没成本，如果只是用广告模式，其实是不划算的，乍看现在赚得多，但是和未来没有什么关系。

我们要做的事情，是你今天的努力和付出，会让三五年后，甚至未来更长时间的收益，都和你今天的行动有关——这才是一门划算的好生意。

这里举个也许并不恰当但很有道理的例子，微商、直销的三级分销模式，或者保险的代理人制度，其实就是属于典型的让今天的付出在未来的每一天变现，甚至时间越长，价值越大。

虽然我并不完全认同这种模式，但是从时间价值的角度上，确实是我们每个人都应该思考的。

这就是时间的复利价值。

所以，为什么要引入资本，为什么要做股权投资，就是让未来价值更大。

再说得深一点，我们所做的每一件事，就像蓄水池一样，要沉淀出价值。

为什么说品牌越来越值钱？

为什么以前在纸上写文章的人，没有太多商业变现可能，顶多也就出书收版税，而在互联网新媒体写文章的人，就可以获得比传统写字的人多很多倍的商业价值？

因为新媒体平台，除了帮你提供了写文章的平台，更重要的是，帮你沉淀了用户。你公众号有多少用户订阅，就是你的商业价值体现。

也就是说，在新媒体平台，你的每一篇文章都在积累你个人品牌的势能和价值，时间越长，价值越大。

这就是为什么工资收入永远实现不了财务自由，其实从经济学的角度也可以解释。就是杠杆原理，一次性买卖是没有用杠杆的，而没有用杠杆的事情，其实撬动不了更大的价值。

有钱人为什么要负债，哪怕自己不缺钱，也要向银行借钱。因为负债就是杠杆，用 100 块钱做 1000 块钱的事。

因为一个人的时间是固定的 24 小时，一个人的精力也是有限的。工资只是时间和精力换钱的单次买卖游戏，当然很快到达收入的天花板。

所以我们每个人要有**股权思维**，要有**品牌思维，**只有这样，你现在的投入，才会收获未来的价值。时间如水，生生不息。

你笑他们太 low，他们笑你不懂

情怀的归情怀，市场的归市场，两者真正交锋的时候，情怀多半会败给资本。

前几天在朋友圈看到对罗永浩的专访，想到这个前些年爱打嘴炮，与全世界掐架的情怀中年大叔，这两年已经低调淡出了大众的视线。而面对锤子手机没有达到预期的市场表现，以及市场上的各种负面新闻，能够感觉到他的疲惫。他自己也承认："因为我完全没有在企业里待过，我的盲区要比别的创业者要多得多。"

很多人说老罗变了，不再牛气，不再体面，情怀碎了一地，好像变 low（意译为低端）了。我倒是认为，从讲情怀的人，蜕变到做市场的人，老罗更成熟了，更健全了。至于锤子手机最后是成是败，商业上的事，谁说的准呢。

那些光谈情怀的人，多半是没怎么见过世面的人。

情怀、梦想、格调、"鸡汤"、知识分享等，这些或高大上或温暖的东西，背后都有商业的思考和布局。

之前因为自己的新书要出版，有时间会去逛逛书城，看看现在的图书市场在卖哪些畅销书。除了有几本我自己喜欢的书确实卖得不错外，放在畅销栏里的书，多半是靠着吸人眼球的标题和"鸡汤"的文字。但不得不承认这就是目前的主流消费市场，鸡汤文的特点是贴标签，技术性问题简化成努力性问题，这样就省去了论证的辛苦，因为人性是喜欢偷懒的。虽然内心感慨——这智商税交得，唉……

就好像影视剧的古装戏或穿越戏，我们觉得 low，怎么可能浪费时间看这种剧，甚至想着这些演员自己在演的时候，会不会觉得很傻。但是，话又说回来，这些剧本来就不是定位给我们看的，而是给广大的会打开电视的大妈看的呀。需求决定生产，逻辑清晰。

再说我们的国民励志女作家咪蒙的文章，什么《有趣，才是一辈子的春药》，什么《永远爱国，永远热泪盈眶》，在网上被撕得不行，和菜头、王五四等公众大号，纷纷发文攻击。大咖与大神一交锋，立刻搅动互联网的春水，荡漾成为那几天的热门事件和朋友圈的刷屏。

熙熙攘攘过后，大众的注意力被消费，谁是最大的利益获得者？我估计咪蒙公众号的订阅数量又要噌噌往上涨了，头条广告费的价格也会不断刷新。

想想咪蒙作为在媒体界浸淫多年的"老司机"，什么样的话题能产生什么样的波澜和市场的反应，估计都逃不出她的预判。她当然想过这些话题会带来的谩骂，再加上她公众号粉丝的体量，她俨然已经从一个热门话题的参与者，转型成话题的制造者。

口语化的表达，时不时的爆粗口，情绪化的文体，咪蒙自降写作格调，尽量迎合互联网碎片化的行文风格，成功地一次次撩起大众的敏感神经，换来巨大的流量——咪蒙是合格的文化商人。

再想想，为什么很多文笔不输咪蒙的传统作家，无法在互联网环境下实现商业变现，多半的原因就是不接地气，离地半尺了，也就离市场半尺了。

许知远，一个对世界和人类未来充满悲观的理想主义者，有一次采访了罗振宇，向他取经商业成功的秘诀，问到关于小我和理想主义的冲突问题，罗胖的回答把许知远直接给弄蒙圈了——不要做理想主义者，做现实主义者，做一个鼠目寸光的人。

做商业和搞情怀完全是两码事，搞情怀就像谈恋爱，只要自己爽，哪怕没有明天；做商业是过日子，有时要妥协当下的利益，换取更长的未来。

有时候想，也许商业是最好的情怀，市场里有更深刻的文艺。

再说微商，微商的标签是 lower（低层次的），但是换个角度看微商模式，很符合互联网商业模式啊。单品爆款、高频消费、三级分销、病毒式推广，客户从消费者变成推广者和经营者，正统的互联网基因好吗！现在高大上的万科，都在试验微商卖房模式了，你再说微商 lower，到底谁 low 了。

我有时候想，我要是哪天混不下去了，也加入他们的阵营好了。讲真的，单纯从商业模式上看，我真挺看好的。

很多人说微信卖的东西都是吹出来的，不靠谱的，这确实是微商一大弊病。很多产品都经不起科学验证，但我觉得这不是最大问题。微商最大的优势，同时也是最大的短板，在于没有行业准入门槛，人人都可以做微商。但是人性决定了我们都希望混比自己高端的圈子，或至少是和自己差不多等级的圈子，而一定不会在一个觉得比自己 low 的圈子，对吧。但是做微商的大多数人，必须承认，都是相对普通的大众，这就导致许多真精英或自认为精英的人士，不会选择加入。

同样，"知乎"也是一样的逻辑困境。

很多人吐槽"知乎"已经不是当年的那个知乎了，从一个专业知识分享、牛人辈出的高地，堕落成了爆料的入口和热点的集散场。很多牛人觉得这个圈子变 low 了，失望，摇头，离开。其实这是可以理解的，小众的东西，终究难成大气候。从商业角度看，知乎必须要降低门槛，扩大流量，才能获得更大的估值和资本，这是正常的商业逻辑。

再说回来，所以这就是好多人虽然知道做微商确实很赚钱，但面子和里子，很多人还是选面子的，尤其当钱不成为唯一的标准的时候。

你可以屏蔽朋友圈里做得比较 low 的微商，但是，千万不要觉得这个行业 low，这是新时代的商业模式。应该过不了多久，你的认知会被颠覆和刷新。

好的投资人不会简单以情绪判断一件事 low 不 low，而是看底层的商业逻辑够不够合理和是否符合人性的根本需求。

比如现在直播很火，看懂的人，说这是未来的风口，看不懂的人，说这很 low。

而我也越来越觉得，**这个时代，人与人之间最大的障碍，不是地域，不是财富，不是审美，而是——对世界的认知。**

致90后：请慢点把我们拍死在沙滩上

未来是属于90后的。

有一次我去杭州出差，约了一个几百万订阅量的公众大号创始人见面，由于白天行程太满，他说约夜宵吧，我来酒店接你。

晚上我走出酒店，一辆豪车停在酒店大堂——红色法拉利，里面坐着一位年轻帅气的小伙子。

午夜12点，我们吃着夜宵，和他还有他的朋友们一起聊天，听他聊关于很多事情的看法，有洞见、有别于常人的思维。他说，前两年在自媒体爆发期，率先吃上了红利，赚了不少钱。

像我们这种自认为上了年纪、自嘲为大叔的人，碰上这种年轻有为的，冒着被打脸的尴尬，总是忍不住要问一句：你今年多大啊？

"哦，我91年的。"

1 90后更容易抓住这个时代的机遇

有段时间，我挺羡慕生在20世纪六七十年代的那批人。

20世纪90年代改革开放大浪一卷，那时敢于走出体制的少数人，无论是被迫下岗还是主动选择，都分到时代浪潮的一杯羹。从地产界的王石、潘石屹、冯仑到柳传志、李彦宏，我记得从我高中的作文就开始写他们做例子，到现在他们还这么天天霸屏，而且越来越牛。

其实，后来发现，每一次时代的变革，每一场新科技的革命，都会带来巨大的财富分配、阶层流动。而刚好处在这个时代的人，尤其是年轻人，更有机会。

而这一次互联网革命，把90后冲到舞台中央。

互联网的商业模式，老一辈人不深入研究是不懂的。

举个例子，网上有个视频，说当年年轻的马化腾给评委推荐什么是QQ，什么是基于互联网的社交。当时台下评委中的海尔集团的张瑞敏，说不看好这个东西的未来，因为看不懂，没法理解，没有认知，所以不会投资马化腾。

这脸打得。可悲的是，我们就是"张瑞敏"，90后就是"马化腾"。

马化腾说，他很幸运，微信是属于腾讯系的。

说白了，互联网时代的大风，都是呼呼地吹向90后，所以他们更有称为中产阶级的时代条件。

2 90 后的性格，就是互联网性格

互联网商业更多的是人格商业、社交商业和分享商业。

文化资本的更加富足，让他们更懂互联网的商业运作——通过任何一种社交渠道都能挖掘出可变现的方向。

90 后会第一时间找到最好玩的工具和应用，使用它、分享它，使其社交化和商业化，从小资审美趣味出发，一步步掌握社会经济的主要话语权。

90 后会大胆地表述他们的喜怒哀乐和态度，敢于抛头露面，敢于做不合常理的事和项目。就比如《奇葩说》和《火星情报局》这种大流量的网综节目，折射出整个时代风向的变化。没有对错，只要你敢。

所以我参看很多互联网论坛的时候，前几代人在台上抛出各种认知，什么新物种、什么超级 IP，其实就是互联网下的新生态和新商业模式。我们传统认知不懂，没经验，于是像发现新大陆一样在那边叫嚣。其实 90 后会觉得很奇怪，这个世界本来不就应该是这样的吗？

再比如直播和自媒体，很多人甚至都不理解这种现象，甚至觉得公众号是另一个版本的 QQ 空间，我也是醉了。整个完全不一样的生态和路径，我跟他们分析解释完后，他们才貌似有点听懂地若有所思，说好像很厉害的样子。

但是和 90 后沟通就完全没有障碍，而且还经常给我一些好玩的想法和启发。所以我经常觉得自己是 80 后的身子、90 后的脑子……哈哈，我也太不要脸了。

再比如电竞、网红这些时代产物，哪个不被 90 后占据半壁江山呢？再

过几年，整个江山都会是他们的。

当他们玩透了商业模式，财务中产只是时间的问题。

③ 90 后的财商其实更高

而为什么最大才 27 岁的 90 后，能有人早早成为中产阶级？

首先，我个人理解，其实 90 后的消费习惯是值得学习的。

比如，90 后消费特点就是为美好埋单，也就是现在比较火的消费升级的概念。你和身边的 90 后聊天，你会发现他们并没有很强烈的存钱习惯，会买自己喜欢的、有品质的东西。这个其实和消费能力没有太大关系，更多的是消费意愿。

这种消费观，其实是正确甚至更有未来的。

我个人一直提倡年轻人不要只存钱，应该把钱花出去，投资大脑或生活品质，总之投资那些让自己变得更好的东西。在我看来，年轻人存钱没有太多意义，**存钱是存量思维，花钱才是增量思维，才能赚更多的钱。**

你看现在线上教学课程的付费用户，大多数都是 90 后。

通过花钱去旅行、买好物、买课程，90 后不管从审美、眼界、思维，还是创造力，都在碾压我们这些 80 后。他们会成为更好的人。

钱要花出去，而且花对地方，这样才能在付出之后回报自己，产生更大的价值。这些 90 后比我们懂得多。

我有一个 91 年的朋友，工资一个月也就两万出头。她平时比较节约，但是她说她不存钱，都花出去。我问她都花哪里呀。她办了健身卡，买了私教课，她说现在是颜值经济，这些钱不能省。她买了徕卡的照相机，喜欢拍照和旅行，是微博的旅行红人，在旅游圈还有点影响力。她在香港做金融，报了几万元的CFA（金融分析师）考试课程。

她没想存钱买房，对于买车买包包也不是很感兴趣，但对于投资自己的钱，她出手极为大方。

按照我的话说，就是她现在还没挣很多钱，但是已经越来越值钱了。

我的助理Fancy算是我眼里最有财商的90后之一。她出生在一个普通的军官家庭，曾和我提起，自己成长中最得意的事情有二：一是她10岁时就能顶着稚嫩的儿童脸一个人连续坐二三十个小时的火车在中国南来北往独自游走；二是她在18岁那年便实现了经济独立，再没用过爸妈的钱。

我和很多人一样，好奇衣食无忧的女孩如何只靠自己做到这些。她说：高三毕业时拿着最初的3000块本金入市炒股，因为眼光还不错，跟着国家政策走，又因为"沪港通"和"一带一路"，在2015年大盘鼎盛时丰收了一把。大一时平均每月也至少能赚两万了。

我说，你这不具参考性，至少入市时的3000块是用爸妈的吧。她说：不，是朋友借的，坚决不花家里钱。前两天她又跟我分享了自己的2016年京东金融年度账单，基金保险、活期定期，还有白条，比例得当，井然有序。我看账单里没股票部分，调侃她说：欸，怎么没看你用京东股票投资啊？

"跟了Spenser工作，哪里还有时间炒股呢。"然后我们就一起哈哈哈了。

以前买保险总是爹妈级别的人去接触，但现在很欣慰地看到最年轻的一代人也开始光临旅行险或意外险。满足传统意义上中产阶级标准的90后其实仍然很少，经济环境本身不利于一无所有的 90 后轻松逆袭，但"精神中产"或者说"预备中产"也许是起步的过渡。聪明灵活的他们更早开始用理财的方式去追赶时间的步伐。

如果你对自己的现状有不满，方法只有四个字：**要去尝试**。

30 岁，重新思考房子车子和结婚的事

大学毕业后的职场五年，大多数人的核心问题，似乎都逃不开这三个关键词：房子、车子、结婚。

好像这三件事才算事，好像把这三件解决了，其他的都不叫事。

因为在父母和长辈眼里，房子、车子、结婚组成了一个根植于他们思想中的核心价值观：稳定。

稳定，压倒一切；稳定，意味着不用操心。

稳定也曾是我过去生活的主题。

当年大学毕业，我在家乡事业单位上班，父母给我出钱买了房和车。有房有车，工作体面，这种情况下他们唯一操心的，就是催着我赶紧找个不错的对象，结婚生子。

可谁会想到，两年半前我卖了房子，给老爸留下车子，辞职来到香港，在这座陌生的城市一路打拼。

如今，站在 30 岁的路口，回看这些年的职场转型，人生起伏，从体制

内到体制外，从小城镇到大都市，从月薪几千到年入几百万——整个世界观、金钱观、爱情观、人生观，即便不能说被彻底颠覆，却也真真受到了不小的冲击。

借这篇文章，想谈谈现在这个年纪的我，对房子、车子、结婚这几件大事的理解。

房子：一些人的资产，另一些人的束缚

估计未来几年中国 M2（广义货币供应量，同时反映现实和潜在购买力）的货币增速还是目前的"效率"，只要中国的核心资源依然在北上广深和被辐射的周边地区，未来的中国城市化进程和人口净流入量还是向超级城市体迈进。那么一二线城市的住房，依然会是比较优质的保值增值资产，至于限购措施和短暂的降价，那都是楼市的"俯卧撑"而已。而且在香港这几年，你对比香港楼价，就会觉得内地一线楼市还有不少上涨的空间。

但遗憾的是，很多人的问题并不是要不要买房，而是有没有资格成为房奴。

房子是资产，没错，但要警惕的是，房子也是束缚。

很多人结婚之后，特别是有小孩后，做事风格就会偏保守稳定。其实房子也是一样的，觉得自己有了房子就安定在这座城市了，然后每月想的更多的事情就是还房贷。这样容易陷入打工者思维，求旱涝保收，不敢有

太冒险或太激进的想法。但是对于年轻人，过早因为房贷的事而狭隘了思维的格局，真不是什么好事。

前几天在上海出差，车上和本地司机闲聊。我说上海房价这么高，中位数收入应该一年有 50 万了吧。他笑笑说你想多了，上海中产阶级的平均收入也就二三十万吧。

我有点惊讶，问上海物价这么高，收入怎么跟得上？

他说是呀，一个月收入两三万，本来生活可以很滋润，可有了房贷，就舍不得其他消费了，日子还是紧巴巴。

其实舍不得消费是不对的，但钱都给了房贷，就舍不得投资自己。尤其在自我成长方面的投资，花在成为 better me（更好的自己）的钱，不要嫌多，不要嫌贵。

所以换个角度，年轻人在大城市，一开始买不起房，也不是坏事。挣来的钱都花出去，花得有水平，花得值，未来才能有更好的收入，才有可能买得起房。

当年轻人坐在创业咖啡店，张口闭口谈股权、谈融资、谈上市、谈泡沫、谈商业模式、谈知识付费与分享经济时，一个月不到几万收入，却谈着千万的买卖。配上他们认真的表情，眼神里闪着亮光。真的，不管靠不靠谱，我都觉得，这是一个美好的时代。

因为**信心比黄金更珍贵**。

左手焦虑，右手兴奋，我发现城市并没有偷走我们的梦想。

车子：没结婚，买什么车！

三四线城市，道路不拥堵，出门没那么多出租车，买辆车还是有必要的。但是在一二线城市，年轻人买什么车？

从经济角度，油钱加保险费加车子损耗，绝对抵得上天天出门坐专车，不划算。

何况开车真是一件特别浪费时间和精力的事。

比如现在的我关于买车思考的便是：如果我不能在买车的同时雇一个司机，那我干吗要买车？

尤其在共享经济的春风下，你可以坐更好的车子，拥有更好的专车司机，享受更好的出行服务，为什么我们还要花时间自己做司机呢？

每当在香港街头打不到车子时，我就特别怀念内地这边的一键叫车，感慨互联网真好。

车子如今于我而言，更像一个移动的办公室，在车里打电话，和伙伴谈工作，甚至累了在车里打个盹，都挺好。

非要买车的话，还是等结婚或有小孩了吧！

为了一家人方便出行，到时候买辆车，是顺理成章的事。

结婚：没结婚，因为不懂爱，更因为不懂自己

有读者后台问我，说我写了好多犀利的职场文章，可不可以写一些关

于两性方面的话题。

爱和婚姻的主题，是我一直不敢碰的主题。

鸡汤文告诉你最好的两性关系是动态平衡，畅销书告诉你 30 岁前别结婚，公众号长文站在道德制高点批判各种明星情感问题……年轻的时候，我会对着文章点头称赞，可现在每每看到这些问题，却无法苟同。

情感终归是极私人的事，周瑜打黄盖，作为第三方，谁都没资格去评判，究竟是打的人不对，还是挨的人有病。

早结婚未必幸福，晚结婚未必不幸。婚姻是等候，因为美好的人，都值得等待；婚姻是妥协，因为我们无法保证娶到最想娶的那个人，或嫁给那个对的他。

认命吧，一切都是最好的安排，不是吗？

对于年龄大了却还没结婚的我们，或许是因为不懂爱，可或许，更是因为我们不懂自己。

城市里的人为什么结婚晚？一方面是因为城市的流动性很高，城市里每个人都很不稳定——不稳定是城市的主题，但不稳定也是婚姻的头号风险。

我不敢现在找个人结婚，安定下来，因为我不知道自己的明年、后年会变成什么样子。我怕后悔，也怕辜负。

不要太贪，也不要太妥协，或许这才是婚姻的正确打开方式。

高晓松说，生活不止眼前的苟且，还有诗和远方的田野。

于是他一边搞文艺，一边走商业，诗也写了，钱也挣了，什么都没落下。

　　房子、车子、结婚，这些当然是我们人生最核心的几个主题，撇开这些谈所谓梦想和情怀，在我看来，自是脆弱而无力。

Be the master, not the slave of them.（做主人，而不是奴隶。）

我们眼中的中产，大多数只是解决了温饱

此前在上海一场线下活动，邀请了我和《奇葩说》几位当红辩手，胡渐彪、马薇薇、黄执中、邱晨、周玄毅，谈论当下新锐中产的生存现状和焦虑。

听完他们的发言后，我还蛮有感触的。其实我觉得，我们现在的中产，其实是伪中产，或者说，我们所说的中产，更多只是勉强解决了温饱而已。

1 新锐中产究竟在焦虑些什么？

我认为，中产们的焦虑，究其实质还在这一个"中"字上。

中，就是不上不下。所有不上不下的状态，好像都不是太好，例如"卡"，例如"忐忑"。

中产的焦虑也来自这种卡在半中，容易撕裂的状态。

中产典型焦虑之一：买房这列高速行驶的列车，该"上"该"下"？

去年初，我有个在北京生活的朋友为了给孩子上学，换了套学区房。

她原先的房子在北京东五环，是套面积100多平的小三居，虽然不算豪宅，一家人住着也很舒服。为了换这套位于东城区的房子，她把原先的房子卖了300多万，贷款买了套700多万的二手学区房。

但是，这种学区房被不少人简称为"老破小"：房子年代很老，装修很破，面积很小。只有60多平方米的房子根本挤不下全家人，无奈他们又给带孩子的爷爷奶奶在附近租了套房。多出的房贷加上房租，让他们觉得一下子压力大了起来。这个朋友是互联网上市公司的市场总监，先生在一家外企做技术，家庭年入百万有余，也算典型的丰裕中产。

在我眼中，她是个女超人妈妈，能很好地兼顾工作和家庭，搞得定各种难搞的客户，她却戏言自己被孩子的学区问题逼得差点假离婚。

朋友跟我吐槽："北京的教育资源分布实在太不均衡了！原先房子附近十几公里没有一家好学校，上国际学校太贵，教育质量也很难保证。买个学区房，至少还可能保值。"

当时我听到北京一套90年代的"老破小"能卖到700多万，真心觉得不便宜。过了一年，朋友告诉我，当时的判断是对的。这套房目前不但保值，还早已突破了千万，她感慨自己幸好当时"上了车"。

中产们就是这样，一边诅咒着如同绝情的前任女友一般永不回头的房价，一边忧虑着这么大的泡沫会不会突然被戳破，一边不甘心自己的生活被高房价所绑架，一边还争先恐后地去买房。

智联招聘最新出炉的一份新锐中产调查报告显示，中产们最关心的社会问题中，房产和通货膨胀、食品安全一起占据了前三位。

看到这三点，我们不禁慨叹中国的中产们生活确实不易：名义是中产，其实也就仅仅解决了温饱而已，稍微想追求点品质生活，却发现安全的食品、清洁的空气、舒适的住房，样样都不易得。

可悲的是，吃和住，以及个人资产的保值，都还属于马斯洛需求中底层的生理和安全需求。如果底层需求都无法得到保障，那么进一步的社会尊重和自我实现的精神需求，自然更加难以满足。

对不少奋斗在一线城市的年轻中产来说，单单一个"住"的问题，就将他们困在了继续向更上层需求迈进的半路上。**一线城市给很多年轻人绮丽的梦想提供了容身之地，却无法给他们平凡的肉身提供一个蜗居之所。**而一些年轻人退回到更容易实现物质需求的小城镇，却发现这里的温存已经无法容纳他们在大城市里淬炼过的灵魂。

究竟是该往下沉，还是该向上拼，这正是不少中产的纠结之处。

中产典型焦虑之二：职场里"上"有资深前辈，"下"有生猛鲜肉。该怎么办？

有一个做人力资源咨询的朋友在"在行"上开了职业发展和定位的课，原本她还担心这种没有实操干货，更像心灵按摩的辅导，不会有太多人预约，结果现在约见几乎排不过来，以至于她今年都决心辞职开个独立的职业咨询工作室。

来约她的，不少都是 80 后。大家的困惑都差不多：在职场上打拼了几年，好不容易在某个组织中混成了中层，却也面临着双重压力。前有占据了金字塔顶层职位，一时半会儿未必腾出位置的 60 后、70 后前辈；后有虎视眈眈、钱少活好、成长速度惊人的 95 后小朋友。

更让他们焦虑的是，自己的收入却未必随着工作强度和压力而相应增长。"比加班更可怕的是白加班""侮辱性涨薪"，这些职场人士会意的黑色调侃，也许是不少中产的真实心声。

虽然这些来咨询的学员来自形形色色的行业，问题却都集中在两类：一类询问该怎么转行、怎么跳槽才能大幅提升自己的收入；还有一类询问该怎么有效学习、充电才能快速提升自己的技能。

这种职场焦虑，也并非 80 后独有，可以说，所有没有实现财富自由，还在靠打工赚钱的人，都难以幸免。互联网时代变化之快，已经没有铁饭碗一说，很多积累数年的经验都有可能一朝被颠覆，不少人都会担忧自己的知识体系没有及时迭代，被无情地拍死在沙滩上，于是又衍生出一种新的焦虑：**知识焦虑**。

最近一波知识付费的大潮如此汹涌，正是中产们为这种新型焦虑来埋单。拿着自己不太满意的薪水，还要为跟得上时代的知识而付费，为职场上任何一点点 up（上升）的空间而努力。因为他们清楚地知道，**不 up，就可能 out（出局）**，这就是职场的游戏规则。

中产典型焦虑之三："上"有老"下"有小的夹缝里，如何保证自己生活的品质？

上次来北京开课的时候，我忙里偷闲约了几个很久未见的金融圈老朋友，其中有一个刚当了爸爸，我还专门当面恭喜。结果这个新手奶爸一脸倦色：生娃后太太成了全职主妇，家里的开销全都落在他一人身上。不巧他父亲今年得了场大病，他连着几个月的状态都是在家哄娃、医院陪护、项目出差，生平第一次体会了"疲于奔命"的滋味。

这顿饭刚吃完他就赶紧回家了，要知道以前每次见面他都非拉着我喝酒聊到半夜还意犹未尽。

周围的朋友们都在感慨，一旦成了家，养了娃，即使还在一个城市的朋友，见一次面都变得更难了。

不少中产的家庭结构，正到了上有老下有小的阶段，于是教育、养老、医疗，这些资源有限又需要更多资金和精力投入的问题，也都成了焦虑的重点源头。**有的事，钱能解决，有的事，却必须亲力亲为。**

② 我们究竟该如何走出焦虑困境？

自己这两年的转型和发展，加上《奇葩说》的几位辩手分享了他们的想法，我觉得有一些共同点可以分享。

一、顺势而为

顺势而为这几个字，显得特别职场厚黑学，甚至带着一丝丝功利主义。以前瞧不上，现在觉得特别对。

努力永远干不过趋势，甚至可以说在趋势面前，一个人的成功，和努

力的关系其实不大。

马薇薇说他们这些打辩论的，默默无闻这些年，感谢党的政策，感谢《奇葩说》这个节目，也没想到怎么就突然红了。

这跟长年积淀有关，更因为这个时代。

"人的成长就像花开，一定要注意季节。"

二、不要努力去挑好一幅好牌，而应该尝试打好手里的每一张牌

我们现在的选择，往前推十年，都是非常荒诞的。马薇薇当时分享了黄执中当年为了打喜欢的辩论，一直在上大学，比别人多上了好几年。一心专注在这个自己喜欢又舒服的领域。

其实，最重要的，是感谢自己没有放弃。

我相信能把一个行业做到极致专业的人，最能冲出来。因为这个时代需要稀缺资源。

三、一定要让自己的观念增值

为什么有些人抓住了机会，有些人看到了机会在身边也不去抓取，除了运气外，很多人是输在自己的观念和认知上。

你看不到新的观点；你即使看到了，也会被整合成旧的传统观点。

"就像所有人画一瓶矿泉水，一定是底在下，头在上。而那个能把矿泉水的头朝外的人，会与众不同。"

观念不同才是核心，其他都是风格之争，没有太大意义。

我相信这个动荡的时代，每个人都有属于他的人生机会，但是能不能

抓住，看每个人的命运和本事。就像智联招聘的 CEO（首席执行官）郭盛在会场上讲的："你活在这世界上不是在定义标签，不要被外界的东西所捆绑，而是找到自己的轨道，追求自己的长远价值。中国社会站在十字路口，你可以成为贵族，也可以成为平民，这条路是你自己找到的。"

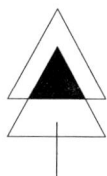

第二章

CHAPTER
TWO

—

相比技能，思考才能让你走得更远

个 体 崛 起

高收入，都是睡出来的

"我一生只想做一件事：边睡觉，边赚钱。"

"呵呵，我也想。"

很多人说一个人能不能成功，取决于他是否有行动力，所以一定要有执行力。

这句话是对的，我之前也是这么笃信的。但是，这句话不够深，还没有触摸到本质，它没有解释——是什么东西在主导一个人的行动力。

我发现，一个人的行动力，不是天生的。不是一些人行动力天然就好，另一些人天然就差。更多的情况是：这个人可能在这件事情上行动力非常好，全力投入，而在另一件事上行动力非常差，经常拖延。

举个不恰当的例子，就好像谢霆锋和张柏芝在一起的时候，经常表现出一副大男子主义的形象，高冷难以接近；但后来离婚和王菲在一起后，整个给媒体捕捉到的形象是温柔的，典型的给王菲做菜的居家暖男一枚。

其实这个差异，是完全可以理解的，因为不同的爱情，不同的感觉，让一个人，展现两种完全不同的行动风格。

最优秀的执行力和最差劲的执行力，经常发生在同一个人身上，底层的原因是什么？**是认知。**

认知决定了你行动的方向和投入的力度，认知的深度决定了你未来的高度。

举一个很简单的例子，一分付出换来一分收获，这是很多人的商业认知。于是你天真地认为任何收入的增长，都应该靠时间的同倍递增来获得。

于是就会陷入一个认知陷阱：觉得如果想赚更多的钱，就应该付出更多的时间和精力。但是一个人的时间和精力是有天花板的，所以这往往导致收入上到一个 level（等级）后，便出现了瓶颈。

所以很多人会一直陷入劳力收入，就不怎么会想到资本收入；你一边在骂"富人越富，穷人越穷"的老话，一边因循守旧地走自己的老路。

但现实是，年薪 10 万到 30 万可能的确是努力的差距，但是从年薪 10 万到 100 万、从 100 万到 1000 万收入的差距，其实和努力本身不直接相关了。或者说这时候的努力已经沦为最底层的素质，需要更高级的商业认知去给自己加码。

所以对于时间与收入的价值关系，更厉害的认知应该是：

1. 把单位时间卖贵；2. 让时间可以被批量购买；3. 让时间产生复利。

1 不要贱卖你的时间

第一种相对比较好理解，提高自己的核心竞争力来提高溢价能力，让别人用更贵的价钱来买你的时间。在这种指导思想下，你就要问自己，现在做的事情在赚钱的基础上，想象三五年后，你这份手艺能不能卖得比现在贵很多，有没有通过累计专业度和经验值，提高自己的核心竞争力。

因为人和车子一样，都是消耗品。

你要让自己有房产思维，随着时间增值。而不是车子思维，时间越长越贬值，成为消耗品。

想到这里，你就不会去想开个专车，你就不会去做没有技术含量的体力活，你就不会只做赚青春饭的活。

如果你现在不赚钱，但是能够预测到未来很值钱——这份事业，就值得做。

2 批量贩卖时间

时间的批量化贩卖，是让时间单位价值最大化的第一手段，而互联网是实现时间批量化最好的方式。我有些新东方的老师朋友，天天在讲台上讲课，前几年骄傲地说：我培训出了几万名学生，可谓流水的学生，铁打的老师。而现在有些老师自己出来线上讲课，在不同的平台上，通过互联网，在线同时有几千上万人收听。这样，就把自己的单位时间贩卖给了更多人。

所以你会发现，线下一堂课几千、一万元就了不起了；但是线上的话，想象空间就很大，一堂课卖上 10 万也不稀奇。

这就是批量贩卖时间带来的价值。

当你拥有批量贩卖权的时候，你就会知道怎么使这个事情成为可能，你就会开始思考如何建立认知，如何沉淀流量，如何建立品牌。整个做事的风格是长远的，而不是做一次赚一票的一次性买卖。

对于批量贩卖权的追求，也反向促进了我们的行动力。

③ 做事情一定尽可能产生复利

如果说批量贩卖时间是单个时间的横向空间维度，而复利则是纵向时间维度。

时间产生的价值，通俗点说就是"睡后价值"。就是你当下的时间和精力投入，在未来可以一直因为这个获得收入。

我们再讲得通俗一些，其实现在很多微商、直销，这些三级分销平台，就是利用了复利的概念，让人看到目前投入所带来的未来巨大的可能性。于是乎，每个人都打了鸡血一样——重仓投入时间，为了以后的"不劳而获"。

互联网线上课程厉害的地方在于，它是无空间和无时间限制的，内容可以被所有人看到，而且理论上可以永久沉淀。

所以，真的，我们不是输在不够勤奋，不是输在机遇不好，而是输在对一个趋势、一个事件、一个现象的认知深刻程度。

其实对于以上三点时间价值的认知，并不是我自己凭空生发的想法，而是自己实践出来的。

只有提升认知，才能及早看到未来。

摆脱低水平的勤奋陷阱，获得高水平的反思能力

　　我有个不太阳光的性格特点：喜欢观察人和分析人。

　　互联网时代的不确定性和可能性，意味着财富重新分配，阶级流动活跃。让一小部分普通人脱颖而出，站上浪潮之巅，实现财富和影响力的飞跃。

　　而现代的多数人都是普通人，感觉这个时代和自己没有什么关系，也就平平淡淡地度过这一生（虽然也不是什么坏事）。

　　但我相信有更多的人，其实是希望成为那些在这个时代里崛起的普通人。但问题是，他们有心，也有力，却不知道方向在哪里，迷茫，无奈。似乎总有一个看不见的天花板，你明明知道上面的天空很美，但就是上不去。

　　这两年，我很幸运，因为自己公众号的体量起来了，积累了自己的影响力和个人势能。同时，认识了一大批各个行业顶尖的牛人，比如年纪轻轻就去百度当副总裁的李叫兽，比如当年尊为偶像又一直红到现在的李笑来老师。与他们一起交流，甚至一起共事，听他们的思维方式，看他们的行动作风。

然后当我尝试复盘分析这些人的崛起轨迹，发现似乎总有一条隐秘的力量，引领着他们成了金字塔尖的那一小撮人。

我尝试挖掘、提炼、总结，得到了金灿灿的九个字——**刻意练习的深度认知**。

真的，牛人的认知层次和普通人就是不一样的。

① 普通人是舆论认知，牛人是底层认知

舆论大多是被媒体控制的，永远不要完全信任媒体，更不要被媒体绑架。

你有没有发现，我们对于很多事件和世界的认知都是来源于媒体，我们一厢情愿地认为：媒体提供给我们的事件就是客观的，媒体提供的观点就是正确的。于是我们的大脑就变成一头"懒猪"，吃着媒体喂给我们的速成品。

但是，随着自己也不知怎么就成了这个时代所谓的自媒体人，自己生产的内容开始具备媒体属性，这时突然发现，媒体人其实是最不客观的一帮人。

因为多数媒体，关注更多的是热点带来的传播属性，以用来获取流量；而不是完全地关注事实本身，除非这事件本身具备传播价值。

所以，**只有少数的媒体，用高质量的内容在引领；而其余的媒体，利用人性的内容在迎合。**

而可悲的是：做引领的媒体，大多小众，在这个流量为王的时代，大

多不挣钱；但做迎合的媒体，却赚了很多钱。毕竟《奇葩说》这种叫好又叫座的干货泛娱乐节目，终究太少。

导致的结果是，大多数人对于事件的分析和判断，从来不是一手的，而是经过媒体喂养的一个简单粗暴的结论。看着好像有道理，却不去论证，懒得探求根本。

就好像现在舆论鼓吹经济不景气、资产泡沫，你也说经济不行了。

但对牛人来说：每一次资产价格的低潮，都是静心学习研究的时候，都是为了下一次资产泡沫做好准备。

所以说白了，很多人的所谓独立思考，既不独立，也不思考。

2 普通人是经验认知，牛人是行动认知

人性中有个弱点，当我们遇到与过去不一致的观点的时候，就会触发我们的惯性思维来防卫。

比如表面现象是公众号的红利已经结束了，然后你就也嚷嚷说红利结束了，但你不愿意再进行深一层思考。你不了解好内容是永远稀缺的，现在正是做个人内容最好的时候。所以，内容风口是和你没有关系的。

你不愿去思考这一层，是因为和你的想法冲突了。

进而导致我们在做事情的时候，要么按照过去的经验，要么按照所谓成熟的规定，没有想过要去打破常规，更不会去刻意思考创新。

美团的王兴说得更犀利——"多数人为了逃避真正思考，愿意做任何

事情"。

甚至有些行业精英，他们其实也被束缚在一个既成的思维框架里，只不过他们的框架，看起来更高级罢了。

而牛人在看待一个和他观念相冲突的结果时，一般会多问几个为什么：真的是这样吗？是不是还有更深层的原因？他们一定会不断深挖，以求看到事件的真相和本质。

因为你要相信，你所看到的，一定是表象；正如这个世界的真相，往往是 under the table（隐藏的）。

现在的我，渐渐地不愿听那些所谓正确的废话，而更愿意听一些更偏激更具冲击性的观点，哪怕会颠覆我原有的认知。

我当年的几个抉择，比如辞职来香港念书，大家都说年龄太大，成本太高，我却认为不离开的成本更高；比如毕业后选择的第一份工作做销售，很多人说你的硕士学历做销售太亏，我却认为迅速完成财富的原始积累是第一步，然后再去谈未来。其实每一个决定都是不被理解甚至遭到反对的，说我激进，说我功利，大多数人以"关心"的名义劝诫着我。但是如果我听了他们的建议，我就不会是现在这个样子。

同样的人，当年说你傻，现在夸你牛。这就是舆论。

只有深度的自我思考，才会带来认知的优势。普通人是用过去的经验来判断，而牛人是用未来的眼光来判断。

未来的竞争，只会更同质化和白热化，理解的深度决定着结果的巨大不同。

我反而更加相信，大众普遍认知的反面，更像是未来真正的样子。

真正的学习，都是发生在行动之后。

3 普通人只一味提升技术效率，而牛人提升认知效率

很多人抱怨说，我也很努力呀，但是怎么就上不了一个台阶呢？

因为，只知道提升技术效率的人，一味地希望通过复制前人道路寻找成功，都陷入了"低水平勤奋陷阱"。

我们就像在跑步机上汗流浃背的人，看似辛苦，却一直到不了远方。

这导致的结果是，你在一个行业进行所谓的时间积累，能力增长会越来越缓慢，过了几年后，你便会觉得自己遇到了职场的瓶颈期。

为什么很多人明白很多道理，却仍然过不好这一生。

如果你觉得一个观念很有道理，然后生活照旧，那它就不是道理，只是信息。而信息转化不成行动，就只是数据和文字，是没有价值的。

即便你想转成行动，却往往不知如何进行。因为没有做提升认知效率的刻意练习。

我对于刻意练习最好的定义就是：妓女不是有了性欲才接客，作者也不是有了灵感才写作。

刻意，指的是摆脱原来舒服的习惯和流程，变得不舒服，和自己较劲。

试图想一想，在基本功扎实之后，自己做的事里能不能产生一些跟前人不同的思考和进步。最初的行动尝试也许莽撞，但试得久了，你会在自我刺激中摸索出一套新的方法论。

　　我对我的团队的人说，永远记得，不要只是执行我交给你们的任务，那样只会成功地把你们训练成可被替代的三流人才。简单的执行是不需要深刻理解的，只是变相的体力活。一个任务，你能不能给出一个连我自己都没想到的方案，给我惊喜，那才是你们的核心竞争力。

　　你会很痛苦，很没有头绪，很抓狂，很烧脑，但你一定会在这过程中，完成蜕变。

　　最后想说，舒适和成长永远不可兼得，但我们还是应该感到庆幸，这个时代终究还是给愿意奋斗的年轻人留下一道破局的窄门。这个破局的点，也许在于能否"摆脱低水平的勤奋陷阱，获得高水平的反思能力"。

为什么别人是高管，你只是员工

　　现在自己公司的业务规模到达了一个新的平台，对我来说，找到优质的合伙人，招聘优秀的员工，成了当下最重要的事。

　　最近面试了不少职场人和刚毕业的研究生，也和不少企业高管聊过天，渐渐发现一个有意思的现象。

　　我发现，同样一个项目或一个任务，高管和普通员工的思维方式和做事方法是不一样的，人与人的职场素养真是天差地别。不禁感慨，为什么有些人只能当员工，另一些人却能成为高管。除了职场资历和行业经验外，人的职场前途，根据行为模式，几乎已经注定了。

　　我总结了两点明显的差别，和大家分享。这当然并不局限于高管和员工的定义，有些员工虽然目前还不是高管，但是职场素质非常好，未来肯定大有作为。所以更宽泛地说，应该是普通员工和一流职场人的差别。

① 一流人才的自尊心，不需要呵护

最近在和 VIPABC（在线英语教学机构）的公关副总 Ruby 谈长期合作的事情，见了几次面。我发现她一头短发，踩着高挑的细高跟鞋，妆容精致，永远都是一副干脆利索的职业形象，说话语速快，逻辑清晰，不管是电话谈事还是面对面谈，一直都保持着专业的职场水准，不犯错，不犯浑，不失手。私下吃饭，我问她每天操心这么多事情，怎么还能保持这么好的职场状态。她笑笑，回了一句："专业是我们的底线啊。"

然后又摆出一副高管的姿态："**要么专业，要么滚**。"

所以千万别小看职场状态，人在职场，你的精神举止，不仅代表你的职场素养，体现公司形象，在某种程度上甚至能影响你的前途发展。

职场上，脱敏很重要。我其中一个助理 Fancy，让我比较欣赏的一点，就是她能把工作和个人情绪做很好的隔离。因为职场更多是讲利益而非聊情感的地方，不管是老板还是员工，大家的时间都很宝贵，不应该消耗在无谓的情绪上。我这个助理，有时候工作没有达到我的要求，我就会批评她，甚至有时候言辞还很激烈。但她不管是承认错误，还是对我解释，都能心平气和收起情绪，不带脸色。

这样做的好处在于，我跟她讲事情的时候，能把想说的话不带任何包袱地表达完全，极大地提高了沟通效率。甚至有时候我自己也觉得有些过了，事后问她说没事吧，她就理清思路跟我分析我说的哪些是对的，哪些可能不对。"我虽然不明白你为什么这么安排，但是我相信你有你的道理。放心，我理解的。"

若是普通员工，可能反应会是，天哪，老板怎么可以这么偏心！老板怎么能这么说我！凭什么呀，呜呜呜……

一流人才的自尊心，不需要呵护。他们有自己稳定的自信，同时知道如何从批评中改进和提升。这样的下属，加薪晋升，迟早的事。

从老板的角度来说，花钱聘请你来是做事的，帮他赚钱或节约他的时间，老板对下属的态度一般都是对事不对人。今天骂了你，明天还要花时间哄你，照顾你的情绪，那是巨大的时间浪费。

要知道，职场的江湖，就像一场战役，大家铆足了劲一起做事，艰难占据市场份额，团队士气很重要。结果你一个人在那里有情绪，不仅降低了自己的工作效率，还影响整个团队的精神，影响其他人的工作热情。这不仅会遭其他同事反感，老板更是绝对不能容忍。

玻璃心的人，在家搞搞文艺创作搞搞浪漫是可以的，真的不适合出来混。

万箭穿心，习惯就好。

早些年有个流行的词叫"New Yorker（纽约客）"，指那些外表貌似冷酷但内心温暖的人。但它不是教我们你要做一个冷漠的人，而是在职场上，做事情要聚焦事件核心，不要被自己的情绪干扰。

总有人说在职场上几年了都没有起色，也很努力但就是不晋升，那么你不妨问问自己：做事的时候情绪严不严重？犯错的时候头脑清不清晰？该谈利益的时候谈感情，你不掉链子谁掉链子呢。

你的玻璃心，还是留着下班后再用吧。

② 更深层的执行力，才是我们的通行证

青山资本副总裁李倩有一次跟我分享，她说一个人的"思考力"很重要，很多人做事情，做事前思考力不够，做事后又犹犹豫豫。思考力决定行动力，思考力不够，导致要么没行动，要么行动拖沓。总是一次次错过风口，对着别人的成绩流口水后悔。

大家知道这两年，尤其 2016 年，由于人民币贬值，香港的美元保险产品在内地高净值人士中特别受欢迎。很多在香港念完研究生的职场新人和一些其他行业的职场人士，甚至企业高管，都考了牌照，加入了这场海外资产配置的行业风口。我们公司今年也招募了不少这样的人，我给他们做培训的时候，明显感觉到普通职场人和高管们做事风格的不同。

一般人经常会犹豫徘徊，这个行业我能不能做好呀？万一这个风口过去了怎么办呀？万一考试考不过怎么办呀，要不多点时间复习吧……而高管们基本上都是想清楚之后就会立刻投入，安排好详尽的日程表，什么时候复习，什么时候考试，什么时候入职，什么时候培训，等等，各个环节都非常紧凑。

一般人带着材料来会议室，让我们培训流程，而高管们会事先看好要讲解的内容，做出笔记，我们现场答疑就好了。

随后出现的现象是，有些入行早的人还没生意，而另一些入行晚的高管，已经开始签单了。

我秘书跟我说，有这样的高管团队真是一个顶五个，能力强，而且还不操心。我笑笑说，要不然为什么他们能做到高管呢，职场素质摆在那儿呢。

职场上做事，我的态度是：你先用力想明白，**要么做，要么不做，果断点**。最忌讳的就是想投入又怕损失，这样注定办不成事还浪费时间。要知道，市场上，你 all in（全身心投入）都不一定能成功，更何况三心二意呢。

再举个例子，朋友介绍了一家在香港做海外课程游学的机构，团队几乎都是名校背景，创始人 Linda 布朗大学毕业，希望能认识我，一起做海外留学游学的项目。那天在中环置地广场的咖啡馆聊了会儿，互相觉得调性不错，然后她邀请我一月底去美西体验这个为期两周的项目。我说了一些关于这个项目的想法和建议，说你们出个方案吧。

两天后，我收到了项目方案的文案，说实话，效率很高，有惊喜感，方案很符合我的调性。我问朋友他们是怎么做出来的，朋友说，Linda 团队回去特地分析了我的文章风格，还专门看了我的书，所以做出了这个符合我公众号平台调性的文案。

市场上我们见了太多所谓项目合作和资源对接的人，聊是聊得挺好，合作方案却迟迟拿不出来，于是最后就沦为了"没有解决方案的头脑风暴"，浪费彼此心力。有些方案拿出来了，也是明显感觉功课没做好，诚意不够。像 Linda 这种让人省心又专业的团队，市场上真的不多。

我们且抛开眼光、格局、胆魄这些比较高阶的素质，就单纯从职场入门素养来说，很多人都是不合格的。

所以，自尊心重要吗？重要。但职场上的批评只为激励，不是践踏。

执行力嫌多吗？不嫌多。每一个高薪员工背后都对应着你想象不到的价值创造。

无论你是大学生还是职场小白，无论你已经磨枪几年还是早已油滑老道，反观每个行业的中流砥柱，他们无不具有这两个基本通用素质，而后才有创造力和行业知识量等其他技能发挥的空间。

如果看到这里你还觉得：不，我的老板就是真愚蠢……那我奉劝你，更要抓紧提升职场素养，争取等下次再看到类似文章的时候，你已经走在高管前面。

请警惕你的"弱者思维"

年纪越大，看的人越多，经历事情越多，越坚定这么一个观点——造成人与人之间差距的，真的就不是差在钱上，而一定是差在思维上。

有些人说我这是站着说话不腰疼。其实只有穷人才觉得，"有钱了就什么都有了"——这个真是扯淡。思维没跟上，即使中了几千万彩票，也会马上败光，更别提什么财富增值的可能。

很多人事业起不来，财富无法实现大的增长，一般不是缺资金，更可能是缺思维。

现在和一些人聊天，只要看他思考问题的角度、看待事情的方式，一般就能判断出这个人未来行不行，或者说现在混得这么好就是有原因的。有些人说性格决定命运，我倒更倾向于认为是思维决定命运。有些人即使现在事业没起来，可能只是缺少一个风口和平台，但是你知道他的洞察力很强，只要风口一开，必成大器；而另一些人，他混成现在这个迷茫的样子，其实就是注定的，而且可悲的是，未来也不会有太大的起色。

这两年自己的成长过程中，最大的财富，真不是银行存款的数字，那只代表过去的财富；而自己的思维方式、思考体系，比以前高了几个维度，这个自己是有感觉的。这种思维的升级，来自自己看更大世界带来的更高眼界，来自和各个领域牛人的交流、碰撞、启发，来自自己平台和圈层升级后的思维迭代。

这才是最安心和踏实的。知道自己哪怕现在一无所有，也可以凭这个东山再起。

所以有些人职场上起不来，不是弱在看得见的行动力上，而是弱在一种虚的东西，我称之为：弱者思维。

今天想和大家分享下我认为的几种典型"弱者思维"。

① 对于自己不懂的新生事物，拒绝了解

拒绝了解不懂的新生事物，然后找出拒绝的理由，证明自己正确。

举个例子，比如这两年直播比较火，争议也比较大。

如果你问一些人对于直播怎么看，首先，他们自己没尝试过直播，然后就会根据自己得到的二手信息判断说：直播，不就是一帮整容过的网红脸在镜头前露胸露腿吗，说些毫无营养的话，太 low 了。

确实，这是直播的 1.0 版本，也是野蛮生长的阶段。但是未来的直播，从美女网红向各领域 KOL（关键意见领袖）扩展，一定会走向大众化、垂直化和专业化。你都不了解，就直接否定这个现象，就等于否定了未来的

可能性和你的参与度。等到有一天你身边的某个朋友在直播红利期迅速吸引关注成为 KOL 的时候，你方才醒悟和惊呼——但是，你太晚了。

而你看另一些大咖，**他们对于陌生领域或新生事物的判断，从来就是谨慎但乐观，喜欢亲自体验**。罗振宇在直播出来的时候，一个四十多岁没有颜值的胖子，跟着一帮美女主播，在同一平台，乐呵呵地做着直播，经常插一句"谢谢 ×× 送的保时捷"，多搞笑，多和谐。

我现在基本上能做到，当我完全无法理解一个新生事物的时候，我第一反应不是用我传统的观念去质疑，而是保持像小孩子一样的好奇心，去了解，去发现，去找到存在必定合理的逻辑。

这样，你就有可能比大多数人，更快一步找到风口，更早一步采取行动。

而弱者思维的人，永远都只能活在现在，而无法拥有未来。因为陌生的未来才是现在，而你熟悉的现在，已经成为过去。

弱者思维不仅反对新生事物，更要命的是，他会找出一堆二手理由去否定，以满足自己的天然正确观念。这个其实更可怕。

比如别人的突然成功，你不认为是背后的努力和眼光，而认为是运气或巧合，表示不屑，觉得"我也可以，只是我没那么做"——这是弱者思维。

当新生事物和大脑原有的思维产生冲突，做否定的结论实在太容易了，意味着大脑可以不走出舒适区，还是可以惬意地走原来的路；但是如果新鲜事和原来的认知冲突，你试图说服自己否定自己的话，不仅打击自信，还要以一种烧脑的方式去探究，太累了，太辛苦了。

所以，对新生事物的否定，本质上是源于内心的自卑和脆弱。因为弱，所以需要去保护，需要去捍卫。简称自我麻痹，自我开脱。

所以弱者思维的人，很有可能一辈子注定翻不了身，因为不是缺钱缺机会，而是缺更大的包容胸怀和格局。

② 希望轻松得到，而不愿付出代价

希望不用花什么成本，最好免费得到一样好东西，是典型的弱者思维。因为贪小便宜的心理害死人。

不妨自黑一下，去年我就一直嚷嚷着要减肥，要健身，要瘦成一道闪电，结果一直没有成功，而且在健身房因为姿势不对，造成了一些运动损伤。今年我请了一个私教，真不便宜，800 块港币一小时，他就很专业地分析了我身体肌肉和骨骼的一些问题，告诉我之前训练的方式方法对我不仅没有帮助，反而有可能伤害身体，并给我做了一对一的健身计划。

但是我当时贪便宜，觉得私教太贵了，想省钱，觉得自己看看 YouTube（视频网站）的视频就差不多了呀，下载个健身软件在家练就可以了呀。

贪便宜确实能省钱，但牺牲了更大的时间成本和机会成本，其实更不划算。

同样 20 分钟，如果你用来集赞换红包的话，是不是就意味着放弃了把这 20 分钟用于成长提升的机会？

别跟我说 20 分钟得不到突破，万一你用这 20 分钟录制了一段"蓝瘦，香菇"的视频发到网上，第二天早上就红了呢？

听说"蓝瘦香菇哥"前两天都结婚了啊。人家已经娶到那个"第一次为一个女孩子这么想哭"的女孩子了，好吗！

别跟我说"万一"才不会轮到自己。你知道买彩票的人除了助力了社会福利事业，还有什么别的值得尊敬的地方吗？那就是，别人至少舍得投资那回报未知的几块钱。而你不舍得，只会骂别人异想天开、好吃懒做。

当然，这里要把那些视彩票为人生唯一出路的投机者除外。

你永远要相信，好东西一定不便宜。互联网最大的好处在于，一样好东西因为可以被 N 个人购买，从而降低了每一个人的成本，但低成本并不表示没有成本。

我们要知道，如果 2017 年以前好东西还能以免费的方式给到大家，是因为它需要获取流量和用户，那么 2017 年开始，当移动互联网通路已经铺成，好的东西一定会收费。因为**收费才体现价值对等，免费永远是不正常的。**

就像前两年的专车市场补贴大战，大家好像可以花很少的钱就拥有更好的出行服务，但是现在价格又上来了，其实不是价格更贵了，而是市场回归理性了。当然，我个人认为专车市场已经开始走向垄断了，开始令人讨厌了。

其实贪小便宜的这种思维方式，本质上也印证了一个人的性格，是属于"索取型人格"还是"付出型人格"。

弱者一般都是索取型人格，因为害怕失去，希望得到更多，便不断攫取；而强者一般是付出型人格，知道自己精神的富有，更包容，更懂感恩——**更愿意创造些新东西给别人，世界便逐渐转移到他们手上。**

而哪一种人更受欢迎，更容易让大家愿意帮助他成功，大家心里都有数。所以到最后，强者愈强，弱者愈弱。

　　别总把时间花在抱怨"我好迷茫"上或者求助"下个风口在哪里了"，其实风口一直都在，一直在呼呼地吹，只是你自己的思维屏障，人为挡住了吹向你的大风。

　　所以，与其羡慕外面的世界，不如先改变思维方式吧。

圈子不同，更要强融

之前网上流传这么一金句：圈子不同，不必强融。从心灵鸡汤的角度来讲，这句话是对的，所谓拒绝迎合别人，做独立的自己。但当很多人把这句话搬到职场，觉得职场也该是这样的时候，就有问题了。甚至在我看来，这句话是错误且愚蠢的。

事实上，在职场生活中，正因为人家的圈子比你高阶，你才更需要不断地以各种方式去融入那个圈层。我之前讲过，一个人不能在同一个状态下待太久，也最好不要在同一纬度的圈子里混太久。

听起来很世俗、很功利，但现实就是这样的。为什么在公司里要努力工作，从职员晋升管理层甚至合伙人；为什么在事业单位里要努力向上，从专员到科长、局长。因为上了一级就上了一个圈子，你的思考格局都不一样了。

正如我有一套自己的逻辑，大家都知道**选择大于努力，但如何做更聪明的选择，来源于更大的格局；如何获得更大的格局，来源于进更厉害的圈子**。厉害圈子里的人的观念想法，他们拥有的资源、资本、人脉圈子和社会影响力，经常能让你醍醐灌顶，改变你的认知。

所以在职场上，你要做的不是安心舒服地躺在自己固有的圈子里，摆出岁月静好、现世安稳的尿样，而是尽可能在较短的时间内，进入比自己更高级的圈子，尽早实现人生的蜕变。

那么问题来了。我也想认识那些牛人呀，但我对他们没有价值啊，我怎样才能认识他们呢？

其实认识牛人的方法很简单，**现在的互联网时代，只要你肯留心用心，不是什么难的事**。现在很多大咖一般都有个人公众号，你可以给对方留言。有些甚至还开放了个人运营的微信号，你可以直接和他私聊。当然，对方愿不愿意和你聊又是另一回事了。另外，随着线下分享、线上课程的普及，花几杯咖啡的钱就可以听到优质导师的课，和导师互动。

总之，一句话，在互联网时代，彼此连接的成本越来越低。所以别再说你认识不到牛人了，那是在侮辱自己的智商。

但是，认识牛人只是浅层次的，我前面写过一篇文章《你的圈子，就是你的未来》，里面有一句话：**进入圈子和融入圈子，是两码事**。

有时候会碰到一些虚荣的人，在朋友圈里炫耀说——哎呀，一不小心和王石在同一个微信群呀，要不要去加王石本人微信呀，好激动啊。

你和王石在同一个微信群，并不表示你们在同一个圈子；你加他个人微信，未必能加上；即使加上了，也未必聊得来。说白了，你对他没有价值嘛。对牛人来说，钱可以浪费，时间却不行。对方没有理由浪费时间和你做价值不等对的交换。

所以接下来，我想从我自己的亲身体验，和大家分享真正核心的内容——如何融入你想认识的人的圈子。

很早就关注我公众号的读者一定知道，我和读者的关系都维护得挺好的，留言基本都回复，还经常办一些线下的读者交流会。现在随着读者订阅用户越来越多，自己的事业也越来越大，工作越来越忙，真的做不到留言逐条回复了，在有限的时间里只能争取尽量了，就像新世相说的，每一条留言都可能是被辜负的善意。

然而也有一些读者，用他们的方式，提供对我有用的价值，和我产生很好的联系。

我在成都的一位读者，知道我出了本新书，要在全国一些城市办签售会，就联系我说她在成都，希望能帮我策划一场成都当地企业家和媒体圈的活动。她跟我说，你只要人来成都就好了，其他的事情我来安排。我们虽然还没有见过面，但通过这个事情，已经有了很多交流。于是前几天在成都，除了四川大学和言几又书店的出版社的活动之外，在她的安排下，我和成都一些不一样的圈子，进行了一场愉悦的交流。而她本人，也成为我在成都地区很好的朋友。

当然说这个并不是表明自己是所谓的大牛，而是想说，**在彼此还不是很熟悉的情况下，给对方提供有用的价值，才是最好的沟通方式。**

再举个例子：李笑来老师在互联网圈的江湖地位属于大神级，我公众号订阅人数只有一两万的时候，就尝试和李老师勾搭过。可以预见，人家断然是不会理你的，你的体量太小了嘛，对他来说没有价值。而上个月当我再联系他，希望能在北京和他当面请教，并愿意以自己的影响力帮他推广付费课程和社区运营时，他说来北京联系他。

后来在北京，在李老师的家里，我和他私聊了近一个小时。李老师拿着我的书跟朋友介绍说：这小伙子写了本畅销书，挺厉害的。

所以你会发现，当你和对方的江湖地位严重不对等，而你又无法为对方提供有用价值的时候，你很难和对方获得平等的沟通。

我们的社交，本质上讲，其实都遵循两个社交价值：要么你们之间有利益价值，要么有情感价值，或者两者叠加。职场上和生意上的大多数社交，建立在商业利益上；朋友之间的社交则更多因为情感价值，情感就是社交货币。

人与人之间亲密或疏远，说到底就是看彼此的时间价值对不对等。

所以我们注定要和一些人分离，和另一些人结合，找到价值等量的圈子和群体。时间价值的有限和稀缺性，让我们必须学会优化配置，不管出于主观意愿，还是客观因素，这都是我们必须要接受的现实。

不断逐梦和向上的我们，注定要离开过去的圈子，重新融入新的圈子。我们在蜕变，我们的圈子也要迭代。

人与人的关系，就这么一直动态平衡着。

当然，想要真正融入你希望进入的圈子，最核心的还是提高自己的核心价值，让对方觉得和你坐在同一张桌子旁聊天，不是在浪费时间。这时候你们之间甚至都不需要有利益关系，靠的就是彼此的江湖地位。

当你的核心价值不够高时，你就需要付出更多的时间和精力为对方解决问题。当彼此价值不对等，地位不匹配的时候，唯有相对弱势的一方付出更多，甚至是不求回报地付出，帮助强势一方解决问题，你才有可能融入对方的圈子。而如果你连帮他们解决问题的能力都没有，那就想办法帮他们节约时间。

好像写得很现实很黑暗，但现实就是这么一个功利的世界。而功利，只是等价交换市场原则最好的诠释。

没办法，在这功利的世界，拼的就是江湖地位。

你说的话藏着你的气质、思维和世界

有一天公众号后台收到一条留言："Spenser，经常看你的文章，觉得很不错。知道你以前是英语老师，又发现艾力、李笑来，还有我们的马爸爸以前都是英语老师，是不是英语老师都能写会道呀？"

本来觉得只是玩笑话，没想当真，但细细想来：发现英语对我而言，确实可以说改变了我的一生，打开了通向新世界的窗口。

① 从土鳖到高级，差的也就是一门外语

每次回老家，开口就是家乡话，虽然感觉朴实又熟悉，可每次不自觉地都会陷入"我是谁"的疑虑。到底我是读者心中洋气的 Spenser，还是身边人接地气的大飞哥。当我接起来自香港的电话，对手机那头讲起外语，那一刻，就感觉是从国内十八线 ID，纵身一跃成国际一线的 IP。

确实，不同的社会所孕育的文化影响了那一方的水土人情，语言背后所承载的是一种情怀与气质。**学习一门语言的更深意义，就是去接触感受它所带给你的文化冲击与影响力。**

为什么说不同的语系能够体现你的气质，就好比普通话，还有形式多种的方言。你是南方温柔似水的女子，或是北方豪情洒脱的姑娘，**你的性格气质早在你开口讲话的那一刻，就已经展现得淋漓尽致。**

对于英语的狂爱，始于我年轻时候所喜欢的两个好莱坞影星：布拉德·皮特和乔治克·鲁尼。我不仅看过他们所有的影视作品，我甚至模仿他们的生活方式。比如乔治克·鲁尼穿西服时的感觉，说话时候雅痞的神态，布拉德·皮特笑起来坏坏的表情。

当然，模仿最多的是他们讲英语的口吻和发音，因为觉得很酷。精彩之处，我能反反复复听到手机自动关机。

后来我发现，当年的那些刻意模仿，确实影响到了我现在的气质。至少在那两位优质偶像的熏陶下，我不至于很土，甚至还有一丝洋气。

如果你英语不好，那么你就很可能对英语的世界和产品不会产生很浓厚的兴趣，你就不会看很多优质的美剧，不会看很有才华的英语脱口秀，不会关注总统大选的演讲和辩论技巧。

因为你没有能力。

你很有可能错过一个很有意思、很丰富的世界，而只能在国内影院看没有什么营养的进口大片。

2) 很多思维瓶颈，一门外语就能跨过去

我的文章里有时候会夹杂一些英文的单词或者句子。有些人说，就是不喜欢一篇好好的中文文章里出现英文单词。但是，你不得不承认，英文的一些寓意，就是没法用中文表达出来，能看明白的读者，就懂。

英文里的表达习惯和中文是很不一样的，这其实代表了另一种思维的路径，会让你的思维方式从中文的固有框架里跳出来，开启另一种人生的可能。

比如中文的语言体系往往是形容词放在名词之前，俗称定语前置；而英文的语法体系，往往先把重要的信息先说出来，后面再接一连串的后置，比如定语后置，介词短语后置，定语从句，等等，讲语法我能讲一天。

如果学过口笔译的同学，就特别能理解我要表达的意思。中文和英语，像两套完全相反的语言体系。

语言本身会禁锢我们的思维，这是语言学里的观点。这就意味着，**当你只拥有一套语言系统的时候，你的思维方式，潜意识里也被语言所限制了。**

这东西很难言传，谁用谁知道。

3) 学好英语，世界就是你的

很多语言，讲不准就算了，关系不大。但是，听不懂才是真尴尬。

我去美国的时候，因为懂英文，不至于有陌生的恐惧感。我来香港的第一年，不会讲粤语，怎么办呢，就用英语先交流。

双语自由切换，是一种很帅的感觉。

我当年和外国友人聊天的时候，他们经常问我的一个问题是：Spenser, are you sure you have never been to America? The way you speak is just like us（Spenser，你确定你没有去过美国吗？你的讲话方式和我们很像）。

此时，我总是很装 × 地回一句：Yep, I was born in China, typical Chinese（是的，我出生在中国，典型的中国人）。

语言本身是自带气质的，你在讲不同语言的时候，语言会给你附上不同的气质。

我第一次去美国的时候，飞机落在芝加哥的机场过安检，当时一个黑人检察官和我聊了几句，觉得我英文口语特别好，直接就来了一句 Welcome home（欢迎回家）。

当时我决定辞职来香港念研究生的时候，需要考托福或雅思，我选择了考托福。那时候我还有工作，我就早上五点钟爬起来，听几篇听力测试，或者做一小时口语练习，晚上下班回到家做写作和阅读。因为英语底子还算不错，基本上用了三个月时间的复习，就考了一个超过要求蛮多的分数，后来顺利拿到了 offer，来到香港，再有了这几年的故事。

另外一个例子是我的一个朋友，前两年他也想着来香港进修一下。我说你来吧，应该出来看看这个世界，但是他就被拖累在了英语上。因为他大学英语底子不太好，再加上工作几年，基本上英语就废了，尝试刷了两次语言成绩，都不太行。最后没有来成香港，现在还是过着原来的日子。

我倒不是说来香港就一定好，人生一定会大不同或怎样。但是，**当我们面对人生重大选择时，不应该被语言体系绊住脚步。**

因为这关乎自由。

你同情我的辛苦，因为你看不懂我的幸福

除了香港的金融理财业务外，我在深圳开了一家文化传媒公司，组建了自己的"S工作室"。目前全职人员不到十人，90后为主，都是我精心挑选之后带出来的团队。我司文化九个字：**不要脸，不害怕，不要命。**

不要脸： 我们团队一起工作，尤其做项目的时候，如果成员间意见产生分歧，在直接交流的过程中，语气激烈是可以允许的。因为我的性格就是要骂直接骂，本着对事不对人的原则，如果讨论的效率不高，那就吵嘛。在职场打拼，得有不要脸的觉悟。

不害怕： 新媒体行业算是一个比较新的行业，这导致很多事情没有前车之鉴可以参考，大家都是摸着石头过河，一路踩着西瓜皮。而且新媒体属于典型的互联网行业，变化快、红利周期短，早进场吃肉，晚几步喝汤。比如感觉今年上半年还在讲知识付费呢，过了半年这个词就被说滥了。

所以对于雾气腾腾、完全没什么方向的未来，只有两眼一抹黑，提着胆子走夜路。走对了，有幸尝到一波红利；走慢或走偏了，那就乖乖交学

费。尽管今年我们做出了一些不错的品类，比如新媒体写作课程，算是树立了行业的认知标杆，但我们也确实干了一些蠢事，比如……就不方便透露了。

不要命：他们说创始人的性格会奠定一个企业的文化基调，的确是这样的。反正我在面试新人和团队开会的时候，都让他们明白，既然选择来我们这里工作，就不要想着平衡工作和生活。工作就是生活，生活就是工作。上班时间固定，下班时间不固定。虽然有良好的办公室环境，但也要随时移动办公。做足浴的时候我们在讨论工作，参加线下活动的时候，一边喝香槟，或者一边听着课，一边打开了电脑。经常晚上十点还在开当天的总结会和第二天的计划会。

简单点说，我们员工的时间，都是卖给公司的。不过呢，这种独裁的工作氛围没有你想得那么糟，而且队友们都已经慢慢接受习惯了。

和我们团队合作过的人，经常对我们这种 24 小时不间断的工作氛围感到不解，质疑这是一帮什么样的人。然后问："你们不休息的吗？"结果团队成员哼哼一声冷笑："老板不要脸，我们不要命。"

而这套系统能执行的前提，是每个在这里工作的成员，都能收获很刺激、很充实的经验，尽管过程很辛苦。而且每个人的能力和职场素养可以在短期内得到撕裂般的成长。**有成就感，才会有归属感。**

目前看，新媒体部门运营得还算不错，手上有好几个项目在运作。忙完这一阵子，还有后续的项目跟上。大家的工作量负荷都很高，但都被压榨得很过瘾。

有一次和我一起做项目的朋友，在我们深夜 11 点还在办公室打磨课程的时候问我说："我特别想问你一个严肃的问题。"

"嗯，你说。"

"讲真的，你幸福吗？"

我正在喝水，差点喷出——这是什么问题，你又不是白岩松。

"真的"，他神情严肃，"你每天都安排这么满，你怎么平衡工作和生活。你都没有时间谈恋爱，连花钱的时间都没有，只有工作。品牌方请你免费欧洲游，你都不去。你不觉得你这样的人生，没有什么乐趣吗？"

以前他看我的目光，是有些羡慕；这一刻，我竟然看到了一丝同情。

我认真工作，居然被同情了。

但问题是，我不觉得辛苦呀，我还觉得挺好。后来我仔细想了想，这个逻辑不是这样的。

如果你把工作放在生活的对立面，你当然希望工作和生活能够平衡。但是对现在的我和团队来说，工作就是生活的一部分，或者就是全部，这两者就是融为一体的。

虽然我不去旅游，没什么时间去看电影，但这是我主动做出的选择。你所认为的看电影、旅游才是生活，而我觉得工作的乐趣比旅游和看电影更多，更加有生活的感觉，这样不可以吗？

看电影、旅游让人快乐，就是生活；工作也让我快乐，这也是生活。

所以，问题就在于我们对工作和生活的理解不一样。

当然，我的工作也不完全是被生活填满的。我去另一座城市出差，在万米高空无人打扰的情况下看一部电影，享受其中，这是生活。

在另一座城市，虽然忙碌，但晚上和合作伙伴或朋友撮一顿当地不错的晚餐，这也是生活吧。

如果生活和工作非得要分开的话，忙里偷闲，才是最好的状态。

就像川久保玲说的那样，她从来没见过一个休息过很长时间的人再回来工作，能比之前的状态好很多的。

能够像我们这样 all in 在工作上，其实是有两个大前提的。

第一个前提是要深刻理解，工作和成长才是对青春最大的不辜负。

虽然职场上的确有弯道超车的可能性，但那只是属于少数人的逆袭话剧。职场更多的现实是，一步领先，步步领先。

所以步入职场的新人或者小兵，应该充分利用好自己最开始的几年，埋头苦干，实现职场能力的迅速提升。接下来的职场路，就会越来越顺了，也会少一些焦虑。

所以，我一直相信，职场上的年轻人，只有用工作换来自己快速的成长，才算是不辜负自己初入职场的那头几年。

第二个前提是目前的你还没有太多牵绊。

如果一个人成家，有了妻子和小孩，那么在上有老下有小的情况下，他确实是应该分一些精力和时间给家人。如果此时撇下家人不管，一心全部投入在工作上，那就真的显得有些可怜，值得同情了。因为家人才是最重要的嘛。

那位同情我只有工作、没有生活的朋友，他自己有老婆有孩子，第二个小孩马上要出生了，在我看来，是绝对的人生赢家。我现在的生活和工作方式，当然不适合他的处境，但对我自己来说确实是目前最好的状态。

但是如果你没有成家，你就真不应该把大好的青春赌在生活上，而是赌在工作上。

还有一点，我这么努力工作的原因，就是我希望在我成家、有小孩的时候，我可以有能力选择相对轻松的生活方式，那是我喜欢的。

所以，现在暂时选择困难模式，怎么就不对了？

我觉得好的工作就是这样，一边玩命虐你，一边给你高级的满足感。

如果一个人不能享受工作，那么他就不能真正享受生活。

你同情我的辛苦，因为你看不懂我的幸福。

最怕多年辛苦投入，最终发现下错注

太多人，都是晚上想想千条路，早上起来走老路。

"三年前你选择离开，去了香港，而我那时准备结婚。现在，我都不知道这个选择是对是错。"

前几天回了趟老家，和家乡从小玩到大的好哥们儿一起吃饭。

他在家乡不错的事业单位上班，工作能力强，也有眼界。但是在小地方吧，经常感到才华无处施展，把他憋坏了。

他和我吐槽了很久，我能理解他的处境，就和他说，以你现在的能力和社会地位，为什么不出来自己办一个公司呢？自己做老板，按自己的意愿做事情，而且收入一定比在现在鸡肋的工资好呀。

让我无奈的是，他想自己出来做一番事业的心几年前就有了，但就是因为在单位里已经混出了一些资历，舍不得放弃这些年的辛苦投入。

他也承认，自己未来五年到十年的职场生涯，小日子不错，但大风光没有。

其实，当我从一个不顾一切的少年转变到如今在市场上博弈的大叔，混了这些年，越来越深刻感触到了这个道理。

1 及时止损，远胜孤注一掷

你相信吗，更多人都是沦落到最后一刻满盘皆输，却很少有人能够在早期及时止损。

为什么很多人做不到及时止损，一是因为没有智慧，二是没有勇气。

缺乏智慧，体现在还在用"经验主义"来思考，觉得社会还是那个你毕业时候的社会，行业还是当年你理解的那个行业。

所以，他们觉得当年的那个选择，现在依然大概还是对的。但他们现在困惑的是——当年大家口中的那个阳光大道，现在怎么感觉越走越窄了呢？

很多人不理解，如今的社会和行业分工，早已经升级了一个版本。

一个越是成熟稳定的社会结构，上升通道其实更封闭。看看现在国外的发达地区，欧洲阶级固化得一塌糊涂，美国还好一些，除了现在风头正劲的科技互联网公司和本来收入就偏高的金融行业，其他行业也就仅此而已了。

而当下的中国，正处在以互联网引领的巨大变革里，你再用过去的经验做未来的判断是最可笑、最懒惰的决策。

因此，我们最应该要摒弃的就是"经验主义"，太多人会死在自己过去的存量上。

但是，哪怕有些人看明白了目前的趋势，他们依然没有勇气。

曾经看到一篇文章，觉得里面有段话说得特别有道理。

"真正的大机会都出现在社会巨大变革的风口上，赚大钱的机会亦然。
例如历史上每一次的生产力进步，行业的大升级、大转换，对应到金融上
是巨大的加息和降息周期。**在转换的风口，需要的是冒险精神和行动力，**
而不是精致的学历和骄傲的身段。"

对于中下阶层更是如此，中下阶层越追求安全感，越注定了被收割和
下滑为底层的宿命。留给这些人改变命运的只有一条路：玩命冒险，拼命
行动。要有"光脚的不怕穿鞋的"之大无畏精神。

所以王健林说：清华北大，不如胆大。

话糙理不糙。

2 不要妄想一生只做一份事业

我相信，在未来，我们在职场上需要随时做好踩坑的准备。原因不在
于我们，而在于这个时代的周期变化太快、太短。

对于未来职场，我们该放弃一种妄念：一生只想做一份钟爱一生的事业。

《奇葩说》辩手邱晨回母校中山大学做讲座时，被问到当初的职业规划
是什么，怎么走上辩手这条路的。

每个杰出的校友似乎都会被问到这个问题——人们渴望获得一劳永逸
的答案，可以复制光鲜亮丽的人生。

但是，邱晨的经历非常不按套路出牌。

她本科毕业于工商管理学，研究生却读的是新闻，做过记者，又跑去当设计师，现在成了辩手。

这么看，邱晨的职业很难抓出一条清晰的规划，东一个西一个，最终却拼凑成逻辑如此强大的思维。然而，这一路质疑声不绝于耳。

邱晨说，当年中大还没有传播和设计学院，如果有，她会更轻松地获得认可。因为，最初转行设计时，很多人怀疑：你一个记者能懂设计吗？结果，看似不靠谱的跨界，被邱晨变成了独有的优势。

邱晨察觉很多设计师对人性的洞察不够深刻，这点恰巧是记者的特长。所以，对内容的理解让邱晨不拘泥于技术本身，碰撞出了更多符合用户思维的产品。

倒退十年，我们没法想象技术、市场需求带来当下所有的机遇。展望十年，我们狭隘的想象力框不住未来的无限可能。

所以，"钟爱一生的事业"，不存在于未来的视野里，而是隐藏在人生的每一步里，待你回首时才能发现。

3 未来五年规划可能会毁了你

真的，我现在在创业的过程中，真的觉得未来的每一步都是机会，也都可能是坑。

经常有投资人或者创业的朋友问我，你们公司未来的五年规划怎么样的。

投资人和我说，如果一个创业者找他融资，信誓旦旦地说未来一定是怎么样，我们其实不敢投的。因为这个人，要么是天才，但更多可能是个疯子。

对于未来，我们真的要保持敬畏。因为，真的预测不到，我们既不能预测未来的样子，也不能判断出它到来的时间。

真的很无奈的。

小步快跑，快速调整，不断地发现趋势，又不断提醒自己说，这可能只是个假象。

对于未来，下错注是一定会发生的。我们能做的，就是发现走了一步烂棋后，能及时止损。

因为未来每一个成功者，可能都是幸存者而已。关于能力，更关于时运在不在你这边。

你不是精英思维，你只是精英姿态

一个有梦想的"土豪"当上了新一任的美国总统。

特朗普当选美国总统那天，我看着自己小赢理财黄金账户里的黄金，跟着川普的票数一路大涨，中午川普胜局基本锁定，CNN（美国有线电视新闻网）率先公布。

公众号写手们第一时间发出预先准备好的特朗普获胜推文，而希拉里获胜的那篇，阅后即焚，注定再也见不了光。

办公室里同事 Cathy 摊在椅子上，脸色和当天港股的表现一样，一脸不可思议，嘴里碎碎念叨：没想到啊，黑天鹅啊，我昨天重仓了美股，卖掉了黄金，这世道……

少数人在狂欢，多数人在哭泣，而吃瓜群众，就像看了一局现实版的、更过瘾的《纸牌屋》，多了接下来一个月的饭桌谈资。于是有人开始分析、总结和评论这场黑天鹅现象。比如大众喜欢真小人胜过伪君子，传统媒体溃坝新媒体，接地气者得天下，精英主义的时代没落，大众与个体意识的崛起。

事后诸葛总让人觉得无趣无味，除非你像连岳老师一样厉害，一周前就敢写文章预测川普是下一任总统，那才是大写的服。

而我只想结合自己的想法和体验，和大家聊聊——互联网时代，大众到底喜欢什么样的人？

因为写公众号的缘故，结识了不少公众号圈子的朋友，有些是全职写公众号的，有些是本职做其他行业，业余时间写（像我这类）。大家基本集中分布在北京、上海、杭州、深圳、广州等城市，我们经常在线上以文会友，神交已久。因为工作的缘故，我经常要去这些城市出差，偶尔就会约这些公众号大咖线下一起吃个饭或喝个茶。

然后我发现这么一个现象：经常会有一些我认为思想开阔、干货满分的大神，他们公众号的订阅数或单篇文章的打开率并不高。

他们有时候也跟我吐槽，自己用心写的文章或干货没什么人看，那些毫无营养的鸡汤文和情绪文却动不动就十万以上的阅读量。

我分析说，一方面是你的文章内容比较垂直，还有可能是因为你的姿态和调性都太高了，你有偶像包袱，或者说是所谓的精英包袱。

人性都是希望在公众面前展现自己更好的一面，这个没错。因此就导致你写出来的文章离地三尺，读者无法产生呼应和共鸣。**一个人一旦有了精英包袱，不管他是真精英还是伪精英，潜意识里就会觉得自己高人一等，开始处处端着、装着，开始不接地气、不说人话。**我在香港见了太多这样的所谓精英人士。

香港的资本环境，国际金融中心，中环的高贵气质，等等，在香港的金融男特别容易陷入这种所谓的精英思维里。定制的西装，手工的皮鞋，印着自己英文名字字母的衬衫袖口，骚气的袖扣……没错，这些行头确实不错，很有气质、很有格调，很香港、很金融。但有时候和他们交流，你很快就能感觉到他们口吻里的自傲，一面刻意克制地膨胀，一面又掩盖不了面部表情虚荣流露。

这种感觉，骗骗涉世未深的小姑娘还行，而对于我们，我会出于礼貌，尽快结束这场尴尬的交流。

当然我不是说所有的中环金融男都这样，我也有不少做金融的朋友，个性谦逊，风趣幽默，不端不装。只是我觉得，很多人会被所谓的头衔和外在光鲜浸淫，产生所谓精英的姿态，非得要有意无意地把自己和大众区分开。

其实往深了想，你会明白，大多数觉得自己很牛的人，一般都不够牛，甚至是有些蠢的。然后你会发现，反而越是大佬，越接地气。也许你很难约到他们，因为他们的时间真的很宝贵，但一旦约到了，你会发现对方根本没那么大的架子和排场。真正厉害的写公众号的人，会放低自己的姿态，用一种对方听得明白、觉得舒服的语言来表达自己的想法。他们会和读者打成一片，恨不得读者们就是他的邻家大哥或大姐。比如我们的咪蒙老师，还有王左中右，明明自己很厉害，却愿意说自己是一个"脱离了高级趣味的人"。前段时间姜昆骂郭德纲的相声太俗，然后有一次郭德纲在相声段子里就回应了一句——什么是俗，什么是雅？如今谁在凋零没落，谁在大红大紫，明白人，都能看得清楚。

就像高晓松经常在微博晒大饼脸，或调侃小龙虾被空姐拿走了，我们看到后就觉得特别真实，这就是高晓松，和那个作词、写诗、去远方的高晓松一样。

朋友经常跟我说：Spenser你还真敢暴露自己，真敢写。过去那些年留学生穷、香港租房苦、舍不得坐头等舱这种事，你就那么毫无顾忌地写出来。好歹你现在也有几十万的读者了，你就不怕掉粉或者被黑吗？我说，这我还真没担心，而且也不应该担心。因为读者厚爱，有了点名气和影响力，就觉得自己进入另外一个高的圈子或阶层，这种想法是很愚蠢的。等于挖一个坑，把自己埋了，最后可能连自己是怎么死的都不知道。

因为新书出版，我在各个城市也办了不少签售会。和读者互动的时候，读者经常说看我的文字觉得很犀利很接地气，没想到见到本人，说话还挺搞笑。

我说你这是夸我还是损我呢。

你把他们当粉丝还是当用户，又或是当以文会友的闻声人，不同的心态，就会有不同的做法和不同的结果。

直播刚出来特别火又不够明朗的时候，罗振宇也乐呵呵地搞直播。四十多岁的中年胖子，互联网自媒体标杆人物的江湖地位，上直播也来一句"谢谢 ×× 送的保时捷"，把我乐得不行。**能放下姿态，敢玩不怕出丑，敢自嘲自黑自恋，做更真实的自己，没有面具，没有包袱，就能在互联网的大时代里玩得开吃得香。在互联网的虚拟世界，真实，尤为可贵。**

2000 年总统大选，戈尔败给了小布什。

有记者采访过民众，问为什么把票投给了小布什。一位大姐说：因为戈尔看起来太聪明了，我不放心。小布什看起来挺老实的。

这一次，希拉里败给了特朗普。撇开所有其他因素，谁看起来更精英、更政治？谁更大众、更像身边的人？

放在一起分析原因，你会发现：历史，总是惊人地相似。

所以，**在这互联网时代，你可以有精英思维，但请放弃精英姿态。**

人生没有白走的路，但是有弯路

李宗盛最新的 New Balance（新百伦）广告，是今年看过最走心的广告。在这个不断按着快进键的世界，一个关注力越来越匮乏的时代，整支广告长达 12 分钟，也是够勇敢。如果打分的话，我给 97 分。

从彻夜不眠的东京，到寂寞也有意义的温哥华，香港的感情浮光掠影，吉隆坡是他第二故乡。虽然片子里没怎么提他也待过的北京、上海和台北，但已是足够。

花白的络腮胡，苍而不老的脸，已年过半百的李宗盛，被叫大叔都怀疑是装嫩的老男人，他的脚步已经丈量了世界，他的作品走得更远，他可以坚定地说：**人生没有白走的路，每一步都算数。**

我也希望自己在他这个年纪的时候，转过头看一路的脚步，印迹清晰而踏实，可以和自己说：你这一辈子没有白活，你的路，也没有白走。

但现实是，如今已经走了近一半路程的我，回头看自己这些年留下的脚步，跌跌撞撞，弯弯曲曲，深深浅浅，像一个醉汉，或是一个无头苍蝇。

不禁无奈摇头，这条人生路，现在看来，真怀疑是怎么走到今天这一步的。

人生没有白走的路，因为每一步都是自己的时间消耗的代价。但人生有弯路，这些弯路让彼此虽然是同样的年龄，却拉开了差距。本该到达的彼岸，如今悲催地发现——依然是彼岸。

所以，有必要复盘下当年愚蠢的想法，和早该明白就可以少走些弯路的道理。

1 年轻的时候，别谈什么岁月静好

我现在的想法是，该野蛮生长的年纪，就别谈什么岁月静好，趁年轻的时候，应该全力以赴，尽早完成自己的原始积累，达到起飞点。

也许听上去有些急功近利，但现实是，早一步完成原始积累，早一步拿到选择主动权，早一步获得未来的丰富性。

职场上，有这样的一组矛盾，就是在时间、资历、经验的累积下，我们的主动选择权越大，机会越多。但同时选择的机会成本也随之增加，导致的结果就是——貌似支配的自由度更高了，但更保守了。

所以罗胖在节目里说自己不敢休息，说万一去海南度个假，结果在北京错过了一笔大买卖，岂不亏死。

很多人听着可能会觉得罗胖太装了、太矫情了，这属于典型的阶层间的误解。罗胖吭哧吭哧埋头干活那么多年，好不容易完成了原始积累，走到了事业的临界点，接下来的路，不是走和跑了，而是飞。

此时的罗胖，或换成任何人，能停下来歇一歇，选择不飞吗？别傻了。

所以高晓松接受采访的时候，说累死了，说本以为做完某某项目、公司上市就可以不干了，其实压根不是这么回事。到后来只会越来越忙，心甘情愿地陷入忙碌的无底旋涡。

当你手上可以操控的事越多，金额和影响力越大。其实，选择停下来还是继续走，已经上升到本我和自我的抗争了。

所以在年轻的时候，就是要急功近利，就是要全力以赴。慢慢来，是慢不出一个美好未来的。你在飞机跑道上滑行越久，并不表示你一定会飞得更高，而是有可能飞不起来了。

一句话，所谓虚度光阴，岁月静好，那是留给已经事业起飞的人用的。我们这些还在地上摸爬滚打的人，就不要矫情和煽情了。

这两年，经常为一种矛盾而感到焦虑，就是——人生的丰富性和时间的匮乏感。

虽然主要在香港，但深圳、上海和北京是我今年常去的几个城市。在这些城市里，我也慢慢有了朋友和圈子，渐渐有了商业上的来往。我心里清楚，不同的城市孕育着不同的机会。虽然有时候恨不得化身几个自己，这样可以同步和扩大业务范围，但无奈皮囊只有一副，你在这里花的时间多，势必那边顾不上。经常体会 "The spirit is strong but the flesh is weak"，翻译成心有余而力不足，总觉哪里不对。

一个创业的朋友和我说，现在他是不敢休息的，根本没有周末的概念，每一天都来不及，每一天都不够用。他抽了根烟，叹了口气，一本正经地浮夸说 "一天不工作，损失十万块" ——这焦虑得。

2 自己不学会觅食，别人也不会来喂你

小赢理财的黄聪说过这么一句话："现在的公司结构会越来越开放，越来越扁平，有好多问题可以随便问，这是好事。但一方面，如果自己不去了解呢，也不会有很多人来主动告诉你，所以还是要靠自己。"

互联网的便利，社交圈的紧密，让我们更快捷地获取想要的知识，更容易地连接想要找的人。但所有的一切都有一个前提，就是你是不是一个"自我驱动"型的人，内心是不是有个一直燃烧的小宇宙，或有一口锅，锅里炖着浓浓的鸡汤，每天起来喝一些，营养自己，还滋润别人。

我们在招人的时候，并不担心员工或下属对业务不了解，因为这是可以培训的。只要基础素质在，能力是可以弥补经验的短板的。

我们最感到无奈和无力的，就是那些人的眼神里看不到渴望，灵魂里看不到成长，浑身缺少一股向上的劲。

这类人，就是所谓的你不推他，他就不走，做事情永远不会自己主动想，得靠别人说才能做的人。这种下属，属于扶不起来的阿斗；这种同事，属于猪一般的队友。

这就好比老板在前线冲锋陷阵，攻城略地，回头一看下属一脸木讷，还不知道怎么用枪耍刀，受伤了还不会自救，不仅帮不了自己，还是个拖油瓶。

花时间狠心批评吧，人家还玻璃心，你还得花时间组织语言安慰。老板的时间是最宝贵的，老板花钱雇你是用来节省他的时间的。如果雇来的人不节省时间，还需要占用他的时间，对不起，公司不是福利院，更不是慈善机构。

自我驱动型的人，会自己成长，遇到问题自己寻求解决方案。给上司的方案，除了给 A 方案，还会给 B 和 C 方案选择，会站在上司的角度提前想好问题。

这种员工，就相当于老板又拥有了另一个自己，甚至是一个更好的自己。晋升和加薪，那只是基础待遇。

我们可以培训你，但请不要总是在培训你。

哎，其实说这么多也没用，你自己不走过，怎么知道是弯路呢？

道理都懂，弯路照走——这就是青春。

不忘初心？也许"初心"没那么重要

是的，我觉得有时候，"初心"没那么重要。

经常能听到所谓心灵导师在告诫"不忘初心，方得始终"；鸡汤文过一段时间就要开始灵魂安利"走了那么远，想想当时为什么出发"。

我承认有的初心是要坚守的，比如涉及道德观和价值观层面的时候。但在人生或职场的道路上，更多的现实是——如果你走了那么久，还保持原来的初心一点没变，要么就是你的初心太 low，没有进步；要么就是你的初心太大，光荣伟大正确得没有现实意义。

因为"初心"伴随我们成长，也是不断更新迭代的过程。

罗辑思维的 CEO 脱不花写过一篇文章，说她曾问过罗胖：你做罗辑思维的初衷是什么？罗胖老老实实地回答：我就是想提高我个人出去演讲的课酬。

但后来的发展，让他意识到他的这盘棋其实比想象中要大得多。

多年前（感觉至少有五年了吧），那时候《非诚勿扰》节目很火，有个片段让人印象深刻：一个男嘉宾表现闪亮，一路过关，深得女生青睐。最后三位女嘉宾站在台前，包括其中一位开始被选的心动女生，他需要牵手其中一位女嘉宾，但最终他选的不是当初第一眼看中的那位。

孟非问他为什么。他淡然回答：我觉得自己一开始的判断是不正确的。

马云多次在公开场合承认：我一开始做阿里巴巴的时候，真没想到它会成为现在这个样子。

关于未来的各种未知、生活的多种可能，确实你不做就只能错过。如果一开始就牛到知道自己未来会什么样，那就没有天使投资、VC（风险投资）和 PE（私募股权投资）什么事了，创业就不是九死一生的概率了。你这么牛，你怎么不上天呢？

感觉自己是个后知后觉的人，尤其最近又开始接触创投圈，真心觉得自己老到不行，外加 low 到爆。套用窦文涛经常在节目上的口头禅——感觉这是要变天哪。

从大的跨境医疗的蓬勃，互联网金融的崛起，网上购物还在火热呢，马老板刚又推出了 VR 购物。4G 刚普及，就要为 5G 时代的到来提前做好投资部署了。小到如何做一份用户体验更好的简历，或者家庭外卖模式冲击百度、美团、饿了么外卖等，都在方方面面改变着我们衣食住行的用户痛点。有些痛点我们知道，而有些痛点甚至自己都没意识到，在未来几年都有可能得到巨大改善甚至颠覆。

所以，做未来部署和规划一方面显得非常重要，因为在错综复杂眼花缭乱中，总要找到一条你认为清晰的道路，要不然和盲人真没什么区别了。

但另一方面又显得愚蠢可笑，因为未来的道路不仅多而乱，关键还是在不断变化的，自己会分岔和合并。别说未来十年了，未来五年你都不知道这世界会变成什么样。

以前站在传统职场鄙视链上层的人，总是看不起电商、微商、直销，因为技术门槛太低；而在未来，很有可能有些行业的鄙视链会反转。就像以前东部华尔街精英看不起硅谷的技术人员，如今三十年河东，三十年河西。当商业环境、商业模式都在发生变革的时候，不能用老眼光看待新世界。

有人问我说未来有什么规划。我一般都是先承认自己的无知，这个问题，我真答不上来。我都不清楚未来的基础在哪里，香港、深圳、上海？并没有详细的战略计划，但有大概的方向。现在最害怕的，不是败给不努力，而是败给趋势。对我来说，如何升级自己的认知水平确实比赚钱要重要得多，或者世俗些说，老觉着现在赚的都不是什么大钱。

认知水平代表着你在什么层面看未来和当下。有些机会和红利出现的时候，由于认知水平有限，甚至红利的风呼呼地往你身上吹，你不仅没飞起来，还觉着风大躲进洞里了。等过了两年才明白，太晚了。

我依然相信——**现在所看到的世界，还是表面；现在所相信的理念，一定会变。**

不要扼杀你职业生涯的另一种可能。很多人不成功的原因就是太尊重自己了，太相信自己的原有判断，太想捍卫自己的观念，太把自己当回事了。

就像肉体是拿来用的，不是用来享受的。既落江湖内，便是薄命人。不要太爱惜自己的羽毛。

既然未来不可测，把握当下就尤为重要。

这个时代，我是越来越不相信"后起之秀"这个说法，后知后觉是职场的一大遗憾。世俗点说，这就是一个"成名要趁早"的年代。早些年开淘宝赚钱，现在再卖出两个双冠试试；前几年公众号的红利，现在已经是1300多万公众号的红海了；前几年做 App 的赚钱了，现在再做，多半是个烧钱的坑。

在每个垂直领域，都要先下手为强。

我相信未来会从地上冒出更多的机遇，但是每个机遇的红利周期会被缩短。

有人问，未来是不是机会主义者的天下。

首先，机会主义者，在我看来就是个褒义词啊！面对不确定的未来，能踩对时机，抓住机会的，这眼光得有多犀利，市场嗅觉得多敏锐。这个时代，称你为机会主义者时，绝对是溢美之词啊。

因为现在知识和资讯就像商品一样，价格越来越透明。信息不对称的越来越少，"忽悠"不出皇帝的新衣。别以为定制深色西装外套、免烫衬衫、反褶袖、意大利手工皮鞋，包装得高大上人家就看不出你是在拉皮条。以前创业讲商业模式、讲估值，特别能画大饼，特别能自圆其说，但现在投资人真不傻。你是做直销的吗？

真正的机会主义者，除了眼光和判断外，更要肚子里有干货。目前已经有一个现象，而且未来会更加明显的趋势就是，除了第一批把握趋势率先进场的人分到红利外，自身有优质内容输出，或者拥有核心竞争力的人，不管是知识还是技艺，将会得到成倍的关注、流量、平台、收入，甚至会产生虹吸效应。这就好比房子，北京、上海、深圳的房子因为享有超优质地段，价格会持续走高，而且会和二三线的房价差距越拉越大。未来人才也是一样，大量的资源和资本会倾向于一小撮真正优质的人，会把他们的价值放大 N 倍，而资质平平的人可能被边缘化和平庸化。

这不是一个按劳分配的时代，还是遵循着二八法则。

To be good is not enough, you've got to be extraordinary.（光优秀还不够，你得卓越。）

大家都说现在是内容创业的风口，但是问题是，我有好资本，你有好内容吗？没有价值，谈什么价值变现。

对于未来的态度只能是——永远战战兢兢，永远如履薄冰，永远精进自己。

静静地，等风来。

成长很累，但不成长更累

朋友跟我说，看你的朋友圈，觉得你活得太励志了，简直就是一碗行走的鸡汤，你是不是每天都过得很辛苦啊……最后甩下一句：虽然你的生活很精彩，但我还是不想让我的生活像你一样，都没有生活乐趣了。

我跟他们说，我其实没觉得很辛苦。然后他们就摇摇头："矫情了是不，你是想说你不辛苦还赚了这么多钱是吗，就像当年读书时说自己没怎么复习却考了满分一样，你这是谦虚的骄傲啊，别嘚瑟了。"

我哭笑不得。

我香港的秘书更绝，经常跟她交代完事情挂电话前，她要用严肃的口吻，语重心长地教育我说："老板，你要注意身体啊，千万别倒下了，你可要活得久一些啊……"最后还不忘加一句"钱是赚不完的，还是要享受生活"。

说实话，每次听到这样的话我都是有些困惑的——我觉得我的生活挺好的呀，我也没有你们想象中那么拼啊，我经常忙里偷闲啊。前几天在成都，虽然连续三天每天一场讲座分享，但白天成都的客户请我在宽窄巷子吃了火锅，在苍蝇馆子吃了最正宗的川菜，下午在太古里美好的阳光下喝着茶，码码文，我觉得我的生活挺惬意的啊。

怎么在他们眼里，好像我已经忙到没有性生活一样了呢？太不健康了。

问题是我平时都是反鸡汤，反励志，反成功学的。看到机场成功学大师的讲座图书，我都是内心呵呵；听到一些公司的集体口号和誓师大会，我常常嗤之以鼻。我还经常批评某些职场大号为了迎合大众走鸡汤文路线堕落了，没有调性了。

那些我以前看不上的东西，怎么还成了我自己的标签？

到底是这个世界变了，还是我变了？

好吧，那我就反思下我为什么会变成大家心目中的所谓励志派代表。

1 成长确实很累，但不成长更累

我有时候回老家，和家乡的小伙伴们一起吃饭喝茶，他们经常惆怅地跟我说，看你朋友圈天天飞来飞去的，其实我们也挺羡慕的，因为你在更大的舞台，为自己的梦想奋斗着。我们在这三四线小城，每天稳定地上着班，虽然也有热血，但没有平台，没处使力，憋屈呀。

"你是身体累，但心不累；而我们身体不累，但心累。"

这个话题挺沉重的，但我特别理解这种感觉，当年的自己，不就是因为在家乡活得心太累，才跑来一线城市，一穷二白开始打拼的吗。

虽然前几年什么都没有，但心里是满足的，知道每一天的生活都是按照自己想要的方式在过，未来虽然不确定，但清楚自己的方向。

其实大多数年轻人都不怕辛苦，也希望能闯出一片未来。在变强的道路上成长很累，但若安于现状、沉溺享乐和安逸，你会发现要不了多久你会过得更累，不仅身体累，还心累。

② 光励志是没有价值的，关键是科学用力

随着现在自己见识的增多，渐渐发现，那些天天在朋友圈里吐槽自己忙死了被榨干了的人，多半是用力不对，还有时间发朋友圈宣告忙碌的状态，就像要让全世界都知道自己的低调一样，一个性质。

忙碌是没有价值的，最重要的是做好两点，一是时间管理，二是团队协作。

我见过真正忙碌的人，他们把每天的时间都精确到小时，然后有条不紊地把一件件事情处理好，犹如一天 24 小时的庖丁解牛。这种状态，非常性感。

我们觉得对方很忙碌，是因为同样的事情，我们以为对方的处理效率和自己一样，所以认为对方怎么可能在这么短时间处理这么多事呢，肯定天天忙得焦头烂额、没有生活吧。**其实，做好事件的优先排序和时间的精确管理，合理规划任务，就可以把 to do list（待办事项清单）的事一件件画掉。**

很多人凡事都喜欢亲力亲为，用所谓的忙碌努力来自我感动、自嗨。

其实这种思路在互联网大协作的现在，是错误且愚蠢的。这点我特别有感受，下次专门发表一篇文章详谈。

3 适度焦虑，才是当下的健康心态

朋友关心说，看你每天的时间都很紧凑，文字里也透露出很焦虑的感觉。

其实，我的观点是，在当下社会，在如今的职场，适度焦虑或许才是健康的状态，不焦虑才有问题。

心思敏锐的人，会发现中国这几年经济转型和互联网技术像两把大勺，不断搅动着创新机遇的春水，让这片神奇的土地，不断涌现出新的机会，阶层流动，圈子迭代。我们也许看不清未来，但是都知道它的潜力和能量。这个时代就像一列快车，驶向不确定的美好未来。问题是，有些人太钝感，没有意识到这趟列车的存在；有些人意识到了但脚步太慢，执行力太差，追不上这趟车，因为车不会停下来等你。

在这不确定的时代，满地都是投资机会，满大街都是挣钱的机遇。只要是敏感的人，警觉度高的人，或多或少都会焦虑吧，担心脚步一慢，就错过下个风口。

其实，在我看来，焦虑属于精神的饥饿感。大家知道保持适度的饥饿不是坏事，尤其是晚餐时，有助于大脑清醒，身体健康，身材精瘦。**而适度焦虑，也有助于思维的敏感，更早些知道未来哪些机遇要抓住，哪些坑要避免。**

　　既然焦虑是这个时代的普遍情绪，焦虑点，保持警觉，不是什么坏事，我不认为是不健康的表现。只要别焦虑到内分泌失调，新陈代谢紊乱就行。

　　在当下成长的道路上，我们焦虑的努力，是可以改良的。

　　给拼搏和学习的过程加一些有趣的调料，努力的间隙一样可以放松游戏。

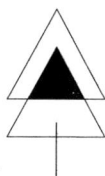

第三章

CHAPTER
THREE

—

认清自己是职场进阶的第一步

起

崛

体

个

工资是职场最大的陷阱

对老板来说，发工资是所有支出里，成本最低的选项。

一个建筑工人顶着烈日，盖完这座城市漂亮的玻璃大楼，拿了工钱，下个月开始建另一座。但建筑工人的薪水不会随着楼越盖越多而上涨，城市越来越漂亮，而他甚至有可能因为年龄增长而减薪。垒起来的是楼房，低下去的是身价——这是建筑工人的可叹之处。

餐厅端盘子的服务员，每天很辛苦地工作，餐厅可能因为她服务态度认真，有好的口碑和好的生意。但她的工资不太会因为端的盘子越多就越高，或者换一家餐厅就会工资翻倍。端出来的是饭菜，端进去的是青春——这是传菜员的无奈。

没有任何嘲笑和贬损的意思，我们尊重任何行业。但现实就是这样，只因为他们是这个社会中相对弱势的那个群体。

而我们这些出入写字楼的打工白领，看着似乎体面许多，当你觉得公司给你最大的奖励就是下个月给你涨工资，年底给你多发些奖金，那你和他们其实没什么本质上的区别。

不都是做着拿青春换钱的交易吗？

1 永远不要拿青春和钱去交易

你有没有发现，当年很多新东方的有才的名师，一般做了几年后都从新东方出来了，另起炉灶自己办机构、开学校。

是新东方给的薪水不够高，还是说他们不知道自己出来创业的风险？

他们肯定不傻，但是他们凭什么有底气放弃年薪百万的工作自己出来打拼？

是因为在新东方教书的那几年中，老师建立了自己的品牌价值背书，是教了几万学生后，所带来的学生资源。

也就是说，新东方带给这些老师的个人品牌和资源，远远比他们所拿的薪水要重要得多。

换句话说，假设你离开一家公司，如果只是拿走了你用时间换来的薪水，那说明你混得是很失败的。

一个公司能给你的资源，远比发你薪水重要得多。

我们在招员工的时候，一般会问，你最想从我们这收获什么。如果他回答，希望能有更高的薪水，我们认为这根本不叫有野心，而只能说明格局小，居然最想得到的仅仅是薪水而已，说明没见过世面。

但是如果他说希望将来能负责我们的核心业务，或者担任核心位置，我们是要好好考虑，认真研究下的，这小伙伴胃口很大，很有野心嘛。

换句话说，我们可以轻松地开出一个很高的薪水，但一定慎重挑选坐拥核心位置和资源的人。

这个资源可以是**平台**，比如你在四大（普华永道、德勤、毕马威、安永）被虐了两年后，跳槽出来身价就涨了，因为有四大的平台给你背书。

这个资源可以是**人脉**，因为公司或老板，你进入了之前根本不可能接触的圈子。人脉对你未来的重要性，我不需要多说了吧。

这个资源可以是**眼界**，你参与甚至操盘一些大的项目。你经常有一种食物链顶端的感觉，或者用上帝视角来看待事情。你的气质会更稳，认知格局会变得很大。你会展现出有种见过世面的样子，你就会走上职场食物链的上游，逐渐摆脱弱势群体。

生活一定不会亏待认真努力的自己？错了，生活只会不亏待聪明努力的自己。

2 最贵的是资源，最便宜的是钱

我经常对我们团队的运营员工说，如果你不是半年前来我这儿工作，而是现在才来面试的话，你肯定第一轮面试就被淘汰了。但是这半年你拥有我这边很多对接的资源，和只有你更熟悉的经验，虽然你工作能力上还有很大提升空间，但是要炒掉你的成本太高了，所以你很幸运。

如果一个公司只给你薪水，而不向你倾斜资源，你要有危机感，当心

在公司的地位了。因为用钱就能解决的事情，用钱就能解决的人，都是廉价的。

我们再往深一层讲，公司给你的工资，只能让你现在过得体面，但是控制权不在你手里。而且工资是死的，你不可能来撬动更大的可能。

公司给你的资源才真正能成就你的职场未来。

那么问题来了，你凭什么拿到公司核心的资源。

更直白点说，你拿什么和公司谈条件。

有能力没错，但更多的，是你的职场稀缺性，是你的职场品牌，你的话语权。

经纪公司在签艺人的时候，如果对方没有任何名气，就会签比较苛刻的长约，比如捆绑十年，各种利益公司拿大头，因为对方没有话语权；但是如果想签有名气的大牌，那公司就是孙子，对方是爷，大头利益都给到对方，都是他们说了算。

公司和个人，就是一场双方利益的博弈，拼的就是江湖地位。

3 职场人，你的江湖地位从哪儿来

从公司吸收平台和资源，壮大自己的势能，没错，但是有没有一种高级的玩法，不是借助资源，而是自己创造资源。

有的，就是打造自己的个人品牌。

互联网时代，你能连接多少人，决定了你值多少钱。

这个时代，你不仅需要组织或公司给你赋能，你更需要自己给自己赋能。

我经常有些骄傲且厚颜无耻地说，我们现在做项目，不管我们是甲方或乙方，我们都拿出甲方的姿态。因为我们这几年一直在用心做品牌，而品牌是最有话语权的。

很多人觉得我在香港研究生毕业两年后就可以拥有这么迅速的蜕变和成长，不可思议，其实我也有这种感觉。

古典有一次讲过，如果给你两个选择，一个是给你公司总监的职位，年薪百万，另一个是你拥有属于自己的 100 万订阅用户，你会选择要哪一个。

一定是选择后者，因为后者的商业和品牌价值，大于前者至少 100 倍。

以我的个人经验来说，写作是建立职场品牌最具实操性，也是最好的方式之一。让你告别低水平的勤奋陷阱，让你工作时间越久越值钱，让你成为职场的甲方，不再委屈和焦虑。

你的死工资，正在拖垮你

在北京，和国有银行的一朋友吃饭。他和我年龄差不多，毕业后一直在银行，规规矩矩，也算是做到了中层，年薪税后 30 万人民币，买了四环的小房子，谨慎地花钱过日子。

他说他很焦虑。

他说北京机会很多，好些朋友做了公司，前几年邀请他入伙一起干，但是他觉得好不容易有这么一份稳定的收入，不敢放弃。

他看过当年觉得不如他的人现在赚了好多钱，也看到那些所谓的精英，一直痛苦地挣扎在融 B 轮的路上。

他觉得虽然身在北京这座有最活跃的创意、最多的资本、最密集人才的城市，但自己好像是这座城市的局外人、旁观者。这座城市的热闹，和自己没什么关系。

而他这份薪水，越来越觉得鸡肋，吃不饱也饿不死，就像每天的生活一样没劲。

看似奇怪，但细想又合情合理。工资收入，这个大多数人的传统收入模式，在这一轮互联网经济的浪潮中，正在变得越来越尴尬。

1 以前要稳定，现在要可能性

传统的工资模式，已经越来越不适合当今的新商业，尤其是互联网商业。

工资的增长模式是线性的，而互联网商业的增长模式是呈指数的。

工资收入模式的前提是，一个人是相对静态和稳定的，工资收入的增长是与这个人专业度和丰富经验成正比的，是随着时间呈线性增长的关系。

所以工资存在合理性的一般前提，是这个公司有稳定的架构。

你现在做一个公司，很少会做个公司十年规划，做个三年规划就不错了。一方面，因为现代商业状态下公司的寿命越来越短，我先声明，这不一定是坏事。另一方面，一家公司的迭代速度非常快。

互联网最大的作用，在于产生了人与人更低成本的连接、更高沟通的效率、更高频的合作交易。一句话总结，就是增大个体的连接力、影响力和未来不可预测的想象空间，是有可能呈现爆炸式指数增长的。

所以传统的工资模式其实是并不太适合互联网商业的，因为太慢了，太没有想象力了，股权模式其实更适合。

又因为中国已经进入了一个资本回报率增速高于劳动回报率增速的时代。特别是一线城市，你会发现，如果你仅仅靠工资收入，一般都是买不起房子的。因为工资的涨幅一般跟不上房价涨幅。

所以我身边好多人都有 30 岁危机，工作了五六年，收入好像增长了，但是和房价、物价、自己不断增长的物质精神消费欲望比起来，反而觉得更不满足了。

而幸福的人，更多是前几年拥抱了资产泡沫的人。因为从 M2 的指数来看，资产的增长一般都会超过工资的增长幅度。

不像美国，这 10 年的物价指数基本没怎么涨，房价也没有升太多。所以，10 年前的 10 万美元年薪，和现在的 10 万美元年薪，日子过得差不多。

所以，线性增长的工资，其实开低了你在这个时代可能拥有的更好价钱。

2 承认吧，靠工资走不向财务自由

另外，我注意到，在有些行业，工资收入不仅是鸡肋，甚至可能是陷阱。

因为高收入有两个特点，第一是高风险，第二是稀缺性。

工资收入所对应的应该是低风险，因为工资意味着旱涝保收。但现实是，现在这个时代一个人因为不敢冒险，职场风险指数反而越来越高。

因为当身边都是翻起的海浪，对于一艘平静的船，说这艘船稳定，就是个笑话；你能做的，就是不断调整船的姿势，和海浪同频共振，即所谓动态平衡。

如果一个人领的是工资，但是所处的行业让你越来越动荡，变得更容易被替代，那么这个工资收入，不仅不是保障，而是职场陷阱了。

举个例子，我一好朋友，在四线城市，和我年龄也差不多，是政府机关领导一把手的秘书，绝对是当地有头有脸的人物，有不错的仕途，但他说他很焦虑。

他说他和上海这种一线城市的朋友聊天的时候，虽然大家都很羡慕他现在貌似人生赢家的日子，但是他说："我有时候会听不太懂他们讲的一些互联网的东西，我觉得自己的知识结构很闭塞，感觉自己落后这个时代了，有种出局的感觉。"

"这种感觉，不想就会麻木，想起就会觉得恐怖。"

因为公务员这种看似稳定的饭碗，好像这几年也开始变得越来越不稳定了，而且体制内的很多制约，导致他很难开发自己另一种人生的可能。

他说我每次回家，就特别想和我聊天，觉得我能够带给他外面世界的样子。

所以，互联网带给我们这一代人前所未有的机遇和前所未有的挑战。我们都有出人头地的机会，也有一不留神被淘汰的可能。

人工智能都开始淘汰华尔街的交易员了，未来有哪个人是安全的呢？

这带给我们的启示是，我们在挑选一份工作和规划自己职场路径的时候，工资考量的比例，或许越来越不重要。

或许我们应该多想想**如何让自己变得不可替代，变得稀缺，变得有话语权**。

或许我们应该多想想**如何抓住周期越来越短的机遇，抓住一次人生的资产泡沫，哪怕只有一次，完成原始财富的积累**。

就像还在体制内的人，要时刻保持离开体制的能力；就像还在领工资的人，要时刻警惕，你的价值，可能一直被工资低估了。

中产阶级确实在崛起，中产阶级也同样焦虑，至少，你不能跟着船一起沉。

我在北京有两个商业合作伙伴，一个去年从交通部大院里出来，做自媒体人了，做得还不错，一年几百万收入；另一个伙伴两个月前也从体制内出来，跟着一个厉害的互联网人做项目，收入还不稳定，但至少比以前开心。

当个人和组织的关系变得不再高度依附，当一个人就可以活成一家公司并且完成和世界的最短连接；而工资，作为个人和组织中间的交易载体，在这个互联网时代，显得越来越不合时宜，因为——雇佣制会退出舞台，合伙制会成为主流。

害怕被压榨，那还混什么职场

　　最近一段时间我脾气不太好，经常在办公室骂人。导致我在办公室打电话的时候，助理听到音量上来了，就立刻走上来默默把门关了。一方面是今年事情多了，香港财富管理，内地文化传媒，手上可做的事越来越多，时间有限成为最大的瓶颈。而另一方面，发现一些员工的成长速度没有匹配公司的发展速度，职场素质开始落后于我们的要求。

　　这是我的焦虑，也是他们的危机。

　　我几个手下的员工和助理，几乎天天加班，周末也没怎么休息。

　　朋友对我说，你压榨自己也就罢了，你这么压榨员工，他们受得了吗？

　　我反驳说，第一，每个人对压榨的定义不同，你所认为的压榨，在我看来还算不上，就好像看很多人的努力程度之低，根本轮不到拼天赋；第二，压榨怎么了，压榨与被压榨，就是最正常的职场生态啊。

1 没被压榨过，永远只能是职场新人

职场新人，都需要一段被压榨的岁月，因为职场的第一笔色彩，往往会奠定未来的样子。

我经常和团队的人要求说，这里没有一天八小时算法，在这里工作，上班和下班是没有区别的，工作日和周末是没有分别的。

网上看到一篇流传的文章，说什么一个优秀的员工是不需要加班的，加班说明工作效率太低了，没有做好时间管理。很多人觉得很有道理，认为应该准时下班，应该有双休的，应该不加班的。

这种鸡汤文你也信？如果你在公司不需要加班的话，要么就是这个公司业绩不好，没什么前途了，要么就是你能力不行，没什么价值了。

四大会计师事务所，不管是德勤、普华永道、毕马威还是安永，哪个进去不是虐得跟狗一样，工资还特别低，但是出来后非常值钱；4A广告公司，熬夜赶方案都是家常便饭；我身边一批做咨询的人，忙得几乎分不清日夜。

但是，他们就是精英，就是市场上大家争抢的人才。

另外，等你做了中层，等你有了家庭孩子，再和我谈一天八小时工作的资格。

你又没有结婚生小孩，你自己选择留在一线城市工作，你又不是富二代，既然是你选的，就要承受这些。要不然你回老家考个公务员好了呀。再说我身边家乡体制内的，有些人工作强度一点都不低好吗，而且人家的薪水拿的还没你多，你有什么资格在大城市混还不努力。

你去体验下港岛中环夜晚十一二点的地铁，全是刚刚从 IFC（国际金融中心）、长江中心、汇丰大楼里下班的金融民工——你们所欣赏的城市写字楼繁华夜景，都是他们加班堆砌出来的。而且他们的薪水都比你高几十倍、上百倍，他们下班晚，难道是他们的工作效率低比你低？

你也幻想说希望在中环上班，因为那里有最光鲜亮丽的投行和咨询公司，然后说没关系，压榨我吧，我愿意。对不起，你愿意，人家公司还不愿意呢。你现在的能力，连被压榨的资格都没有。

贪图大城市的精彩，但又怕辛苦受罪。你这样，也就配做一个城市对岸看看夜景说说好美的人而已，这个城市的繁华，和你没有半毛钱关系。

有些人回到家乡，略带城市优越感地说我在上海工作，在北京工作，在广州深圳香港工作，好像见过大世面一样。拜托，你现在的薪水带来的满足程度，都不如城市的民工高，因为他们欲望少，容易满足；而你欲望大，但能力配不上野心。

别对比西方的那一套员工福利，也别搬出劳动法，那会害了你的未来。

很多人都熟悉的一句话叫作：资本家的本质，是压榨工人的剩余价值。说真的，你拿着这句话去问 100 个员工——"你的老板是不是爱压榨下属"，99 个员工都会坚定地回答"是"。

相反，拿这句话去问 100 个老板——"你觉得你对员工压榨严重吗"，想都不用想，至少过半的老板会说"当然不严重"——在资本家眼中，过度索取，才是常态啊。

当我领着一个月几千块钱的时候，有时心里也抱怨活多钱少；但当我现在给别人发工资时，我也开始衡量着如何将自己的成本降到最低。是的，我们不需要宣扬自己多么高尚，"价值的充分利用"才是职场本质。

的确，我们有必要承认，老板压榨下属存在明显的不合情；但我们更要承认，这个社会一直在压榨与被压榨中前进——毕竟，**熬过被压榨的时光，呼吸到上层的空气，你才不会被替代，你才开始有话语权，你之前所有的委屈，才会换成更多的尊重补给你。**

2 别在过早的年纪，降低成长速度

我在香港新招了一个助理，她在我这儿办公，她闺密兼室友在另一家公司，都是研究生刚毕业。两个人目前薪水差不多，都是毕业生的基础工资，但是她室友工作相对轻松。而她因为跟着我做事，工作量大很多，没有假期，没有休息，而且还经常被我骂，说她很多东西思考太浅。晚上经常和我在办公室加班到11点，饿了在湾仔大楼下的马路边吃个路边摊小吃。她前两天去参加朋友的婚礼，试伴娘服，都是随身带着笔记本电脑。

那天晚上11点又从中环广场的office（办公室）下班，路边等车，我问她这样的工作是不是很辛苦，她点点头，说是蛮累的，很难想象我每天都是这样的状态。

我哈哈笑着说，我们可以打个赌，这种强度只要你能扛下来，用不了一年，你和你室友的职场素养就会完全不一样。你会在这个城市活下来，而且会越来越好，很多公司会想要你。而你室友，就不好说了。

其实对于年轻人，工作舒服是个很危险的信号。因为你在最好的年纪，最一无所有、没牵挂的年纪，过早降低了你成长的速度。而且更可怕的是，一旦速度降下来后，你会以为这就是职场该有的速度，会习惯这个速度，以后也提升不了了。然后你会越来越没有竞争力，越来越没自信，最后越来越不敢突破和尝试，恶性循环，这一生也就这样子废掉了。

真的，我们在面试招人的时候，只要和面试者聊上前两三分钟，问几个问题，就基本能判断这个人职场素养怎么样、能不能用。面试者和你对话时候的思维方式、说话逻辑、职场形象、透露出来的精神和气质，都在迅速暴露这个人的职场素养，像我们这种老油条，一般都不会判断错。

太多所谓职场人对工作的投入程度，简直差到令人发指。除了精致的衣服和妆容，工作上的粗糙简直堪比老树。

一个实习生想来我公司工作，我和她说，在我们这里工作，没有 all in 的状态，不能承受被压榨的，很难留下来，希望你做好心理准备。

有一次她给我交上一份竞品研究的报告，5 页 PPT，内容浅显。我说你这做的是垃圾，然后告诉她我想要看到的是什么。她回去赶了一个通宵，第三天重新给我的时候，就完全不一样了。

我说你现在再看之前做的那些东西，是不是垃圾。她说是的。

被压榨最大的意义，不是让你现在更赚钱，而是让你迅速更值钱。

我在腾讯有一个非常要好的朋友，她之前在北京，后来到深圳负责整个腾讯的某块业务（具体就不方便透露了）。她和我说，晚上 10 点钟离开办公室，都算提前了，觉得有点不好意思，整个办公室还灯火通明着。那天她兴奋地说，她想要多了解深圳这座城市，有个想法，她和同事准备周末加班时，一周换一个咖啡馆加班，想想就好玩。

真的？好玩？我说，你们真是被奴役得麻木了，这样很好。

但是她是真的厉害，她的思维，她的洞见，经常给我很多启发。她做事情的风格，也让我惊叹于她的效率。我都恨不得请她当合伙人，但是我还不够资格。

有多少创业公司愿意给她股权，有多少投资人愿意拿高出几倍的薪水挖她。

职场适度的自虐，是有快感的。假如生活欺骗了你，如果你不能反抗，就享受吧。

3 需要被哄才能工作的，请回到妈妈身边

我们的董明珠董大姐前两天又冒金句刷屏了：**要让上级哄着做事的，请回到妈妈身边去，长大了再来面对这个世界。**

很多职场菜鸟，工作量一上来，就情绪受不了了，就内心失控了，就约了朋友，一边涮火锅吃得欢，一边吐槽公司和老板。最后吃了四个小时，获得一晚上身体和精神的双重满足。

这又有什么意义！！！

职场玻璃心简直是我最不容忍的。我对下属说，我责备你们是要花我的时间的，就不要再浪费我的时间照顾你们的情绪了好吗。不管你是抱怨也好，委屈也好，难过也好，都请自己回家消化好，然后明天继续好好来上班。

你以为老板骂你会对你印象不好，心里一直惦记着？错了，老板根本没有时间思考对你的看法，他骂你只希望你能快点成长，来分担他的压力，解放他的时间。如果他对你有看法，就根本不会花时间费口舌，而是在下一个季度的时候，直接裁掉你就行了。

如果你觉得你老板对你很好，什么事情都迁就你、哄着你，估计是他想睡你了。

在职场上，能不能少点情绪，多点行动。

我不是一味给所谓压榨的工作方式唱赞歌，有些重复劳动，没有意义的压榨就是浪费时间，果断放弃。但是，这份压榨的工作，让你眼界不断开阔，竞争力不断增值，不断觉得过去的自己是多么菜鸟和愚蠢，那就应该感谢这份工作。

不是老板太坏，而是你太弱；不是我们太激进，而是你动作太慢。你害怕自己不成长，其实老板更怕你不成长，因为这意味他付出的金钱和更多的宝贵时间，都在你身上打了水漂，投资失败。

我相信，当你被压榨出来的职场素质，让你在事业上一路前进，在城市买房买车，过上体面日子的时候，回过头来，你一定会感谢当年被压榨的日子。

你内心会说，要不是当年那些岁月，现在的你，也许还在这个城市租房。更糟糕的是，还看不到未来的模样，但留给你的时间窗口，却正在慢慢关闭。

年轻时候偷过的懒，都会在未来的岁月里加倍还。

老板和下属最好的关系，是彼此成就

最近一段时间，见证了好几场团队内部的纷争。老板和下属相互撕，相互不信任，相互泼脏水，彼此都还有些名气和江湖地位，在网上互骂，让吃瓜群众看得津津有味，好不热闹。因为都是朋友，老板一脸苦恼地跟我吐槽，下属也一身怨气地向我抱怨。同样的事情，两套截然不同的说法。

作为职场半个老油条，我是想得挺明白，有人的地方就有江湖。职场从来都不是慈善场，尤其像我们这种天天和钱打交道的行业。大家对于利益的嗅觉是很敏锐的，老板有老板的布局，下属有下属的算盘，每个人都会最大化地保护自己的利益。所以只能在职场的游戏规则下，不断去触碰对方的边界和底线，并试图保持动态的平衡。

有 leader（领导）经验的人，一定会同意我这个说法：和带团队比起来，自己做业务简直是 so easy（太简单）的事。

倒不是说业务好做，而是说带团队太难。有很多团队失败，不是因为个人能力不行，也不是因为商业模式不行，而是死在了团队内部合伙人关系上，上下级关系崩塌，打输了原本一手的好牌。

很多人是出色的业务员，或者是所谓的金牌销售，但是让他去带团队就废了。因为做业务是自己的能力可以控制的，但是带团队就不一样了。面对一个个不同个性、不同背景、不同成长经验、不同思维方式的独立个体，领导需要找到适合的方式和每个人相处。

我自己也带团队，也一路摸索和分析别的团队成功或失败的例子，吃过猪肉，也见过猪跑。这里就不要脸地和大家分享一些团队管理的切身体会吧。

1 做好领导的前提，是自己必须足够优秀

有些领导属于妈妈型或保姆型，整天发自内心关心下属，做下属的好闺密或好哥们儿，经常组织晚上聚餐，周末爬山，动不动就团建，打工作的鸡血，灌心灵的鸡汤，恨不得下属大姨妈来了心情好不好也要过问。这种领导挺好的，会让团队非常有归属感，笼罩在大城市下孤独的人，这种感觉，很治愈。但是，现实是，如果你本身不够优秀，得不到下属的认可，甚至让下属觉得你还不如他，那么再好的治愈也显得尴尬、别扭、苦涩，而不是甜蜜了。甚至你越关心，越会被下属看轻。所以，**一个稳定的上下级关系的前提是，老板首先要厉害**。不管你是真厉害还是假厉害，至少要让下属认为，他的老板是很牛的。这是信任的基础，稳定的基石，甚至可以让下属包容老板其他有争议的性格特点——独裁变成果敢，冷血被夸理性。若没有这个基石，那么一切都会反过来，你懂的。

② 做领导最重要的，是让团队跟着你有前途

很多领导，明明处在将军的位置，却做着士兵的事。自己做业务很棒，也天天忙碌些团队的事，任劳任怨，下属看着也说领导确实不容易，但是你厉害和下属有什么关系呢？你在喝奶，下属却在吃草，你就不是一个好领导。

作为一名合格的领导，一定要让跟着你的下属挣到钱。

现实社会毕竟还是物质优先，钱虽然不是万能的，但钱能帮助实现我们想要的大部分体验。大部分人出来工作的目的都是为了在解决温饱后得到更多的物质财富，获得更高的生活质量。所以作为领导，就有必要帮助下属实现这一目标。自己厉害是一回事，带动所有人一起厉害又是另外一回事。因为既然大家愿意挽起袖子跟着你干一份事业，想要的就是一块实实在在能管饱肚子的鸡大腿，而不是一碗无用的鸡汤。

现在的很多职场新人，都带着热情和真诚，希望奋斗出一个美好的未来。但是，现实好像黑暗的隧道，他们会迷茫、沮丧，在摸索但看不到光。作为领导，我自己发光是不够的，我要成为他们的光。比如现在我团队的人，除了定期的培训、讲座、沙龙，我还会陪他们见客户，见合作方，带着他们快速积累经验，快速成长，帮助他们进行快速的职场素质和收入提升；我会通过相处和沟通，了解他们的优势和不足，通过我的经验和思考，给他们个性化的指导和建议，帮他们最大化发挥优势；我会了解每个人的目标和愿景，然后用我的资源和能力共享，去成就他们。

所以，给温暖，给希望，都不如实实在在地让下属挣到钱。在力所能

及的范围内，让下属过上更好的生活，让他们不会因为这个城市过高的房价而绝望，摆脱间歇性想着要不要离开的恐惧，下属才会更加敬佩和感谢你，也才会对你、对团队更加忠诚。

以上两点是我认为作为领导必备的基本素质。其实，对很多员工或下属来说，你老板已经做得很好了。

3 大部分下属，高估自己的价值，低估老板的能力

和开财富管理公司的朋友聊天，她说她团队有个新人向她要公司股份和股权激励。她对那个下属说："股份可以有，对于厉害的人，我们从来不吝啬给股份。我们就来签一个对赌协议吧，三个月内你若是能做到300万美金的业绩，我们就拿这个股份给你，甚至更多。因为你值得，你敢不敢赌？"

从老板的角度来说，我们愿意用更多的钱招最好的人，前提是——你确实是那个最好的人。

我觉得自己不是一个好老板，我工作够拼，也有自己的一套想法，但我神经大条、健忘，而且不懂怎么关心下属，虽然自己也在努力改正。不过让我骄傲的是，我有两个优秀的助理。

我的两个秘书，一个是香港保险团队的秘书，另一个是公众号运营的秘书。香港的秘书做事踏实，为人善良，除了帮助我做很多团队和客户的事情外，还把我的时间从琐碎中解放出来，让我可以专心于战略的思考。她时常从我的角度出发，告诉我应该怎么做，是我的心腹。

另一个公众号运营的秘书，职场素养很好，我公众号的很多业务，线下活动对接，各种合同的撰写和海报的制作，等等，都是她在处理。她经常跟我说的一句话是："好了，这个事情你不用管了，我来处理。"一开始我还是要管的，而且经常批评她的处理方式不对。但后来，我就真的不用管了。

像这样的下属，不仅能帮你节约宝贵时间，而且还经常能够带给你额外的惊喜。作为老板，一定是希望这样的下属能一直在身边，交给对方更大的平台，提供更多的资源。

职场上，最重要的原则就是等价交换。本来选择在一起共事就是一件你情我愿的事儿，大家都认可对方的价值才能彼此扶持相伴走得更久。

所以，作为老板，让自己更厉害，更优秀一些吧。因为带了团队，成败就不是你一个人的事了，你凭什么得到下属和团队的信任，让他们选择把青春交付给你。

而作为下属，在向你的老板提要求前，先客观正确地掂量下自己的价值，确定你能给团队和老板创造什么样的价值，再来谈回报。

相信我，当你足够优秀，成为老板离不开的人的时候，你会获得超出你预期的回报。

用商业思维经营自己的梦想

刚追完一部美剧 *Billions*（中文翻译《亿万》），有个很有意思的桥段，男主 Bobby Axelrod 是一位做对冲基金的金融巨富，因为做空了"9·11"时候的一些股票而被媒体曝光，大众认为他在发国难财。大众表示很气愤，每天在 Axelrod 的公司门外喊口号表示抗议。那天下雨了，示威者的公车没有来接，Axelrod 叫了几辆 limo（豪华礼宾车），结果大众纷纷坐上高级 limo 回家了。

这个桥段太有意思了，太讽刺了。

所谓的口号，所谓的正义，其实，在大多数情况下是敌不过面包的。这很正常，马斯洛原理。

说实话，现在的我，对于梦想、情怀、初心有些反感了，更想听听资本的声音、商业的逻辑、赢利的方式。第一我认为梦想被过度包装了，情怀被玩滥了，初心更多是一席华美的袍子而已；好像一谈这些，就天然拥有了道德正确。第二我觉得梦想、情怀，哪怕爱情等这些美好的词汇，都是奢侈品。

奢侈品不是你想要就能得到，是你有能力才配拥有。而什么是能力，就是让你的才华和努力，在世俗和功利的世界，完成商业变现。

所以，在如今商业文明已较发达的社会里，我们是不是真的该好好地谈谈钱。

一个妹子和我说，她就是想嫁有钱人。

我说你这么坦诚真的好吗。

她说她喜欢的不是一个男人有钱，而是他有钱后的状态。

"坏女人爱男人的钱和权。好女人爱男人因为有钱和权产生的自信、宽容、精力充沛、乐观进取。"

我脑补了一下，脑海里飘过《北京遇上西雅图之不二情书》里饰演富豪的王志文——衣品较好，在澳门赌场里小赌怡情，见好就收；关键时刻开50万支票帮汤唯还债。嗯，人家第二天去纳斯达克敲个钟（虽然听到这句台词当时把我逗乐了）——标准的高品质多金男。

她说的，我倒是挺认同的。

这两年自己的财富较早几年有了一些较快的积累，心态和思想上确实会发生一些变化。但更重要的是，身边多了一些所谓"高净值"人士的圈子。发现有钱的人（土豪除外），大概有些共同的特点。

第一，有钱的人更珍惜时间。为什么，因为他的时间变贵了，更值钱了。不是所有人请吃饭都屁颠屁颠地跑去蹭；不能继续容忍优酷、爱奇艺一开始的广告时间了，必须买个黄金会员；为什么做咨询或投行出差的旅行箱必须要带上飞机，因为走托运太浪费时间；以前会因为一样东西价格太贵而延后快乐，或不厌其烦地货比三家，最终挑到性价比最好的而感到无比骄傲，现在知道当下这一刻的满足，比多花一些钱更重要，只要能节省时间。

在花时间这件事上，开始变得挑剔、吝啬，有要求、有标准；知道好的东西不一定贵，但是贵的东西，多半是好的。所以能用钱解决的事情，就尽量不要花时间，而把时间真正"浪费"在美好的事物上。

第二，有钱的人更爱护身体。不是有句话说身体是"1"，其他的都是"0"。越是高收入人群，越会注重锻炼身体，各种保养和养生。身体是革命的本钱，是财富的基础，随着不断刷新着银行存款里的数字，会越来越在乎身体这个"1"是否够结实和稳固。因为越来越清楚，随着后面的"0"越来越多，前面的"1"越重要。同时，身体素质构成了累积财富的一个巨大风险。高端医疗买了吗？私人医生配了吗？定期体检做了吗？什么，增胖会导致"三高"，必须请私教减肥啊，不能再吃垃圾食品了。

在美国有个明显的现象，中等收入偏下的人或者低收入人群肥胖的多，因为吃便宜的汉堡、喝可乐，也不怎么运动。而中产阶级或以上的人形体普遍较好，他们更注重饮食，锻炼更规律。

所以，结论是，一般情况下，你的身材和你的收入是成反比的。所以，晒车、晒包、晒表什么的都弱爆了，男生的腹肌，女生的马甲线，才是最大的晒优越。

连身材都不好，炫什么富，装什么高端人士？

第三，有钱的人看待事物的视野和格局，通常会更高一些。有钱人的思考会偏战略层面，贫穷人的思考会走战术层面。就如同有人问一个乞丐，如果很有钱会怎么办，他说要镀一个金色的碗要饭。有一篇文章，谈到为什么富人越富，穷人越穷。穷人因为要解决温饱，所以努力在当下的琐碎中重复，并不形成未来很大的价值增长空间。

有个言论，说穷人更加勇敢和无所顾忌，因为"You've got nothing to lose"（你没有什么可失去的）。但这种属于极端个别现象，更多的情况是，很多人只拥有一份解决温饱的薪水后，却反而更加不敢突破或跳出固有的圈子去尝试。这时候，薪水就变成了鸡肋，"食之无味，弃之可惜"。这种境遇，叫作输不起。甚至比"一无所有"更惨，因为没法突破"钱"的层面去思考更大的格局。

而富人因为不需要解决当下的生存，反而会更加注重未来长期的规划和投资。在一些大的决策上，有钱会导致更加果敢。最后导致穷人和富人的差距越来越大。

举个例子，我姐夫，做设计的，聪明加勤奋，几年打拼下来，终于可以正式拥有"百万年薪"的头衔。但是三个月前，说辞职就辞职了。和几个合伙人在杭州正儿八经地做有品质和品相的O2O（online-to-off-line的缩写，线上到线下）外卖业务。前两天去他家，他兴奋地和我讲这是多么有意思的事情，现在已经融了多少钱，每天派送多少盒外卖。嘴里全是热情，浑身都是鸡血，眼里写着两个字，叫梦想。

说实话，我认识姐夫这些年，一直听他在吐槽。而现在，完全换了个人，画风变化太快。

我问我姐，姐夫天天这自带鸡血的，赚了多少钱了呀。

她叹口气，哪有，看他比以前更忙了，但现在连钱的影子都没见到呢。

我问姐夫，你也是够果敢的，百万年薪哪，说不要就不要了。你现在这事业能成了倒还好，万一没成呢？

"那又怎么样，大不了我再回去做原来的工作呀。"

最后他说，做人嘛，最重要的就是丰富的体验，做这个，有意思。

资本可以带来更多的选择权，更大的话语权，你不一定能得到想要的，但是你可以坚定地对不想要的说"No"。

再说《北京遇上西雅图之不二情书》里的那个被人包养的诗人，在给他的老女人披上外套的那一刹那，无论他诗写得再好，气质再怎么忧郁迷人，大家都不想要了。**没有经济能力的诗和远方，还不如眼前的苟且。**

所以，李筱懿写了本畅销书叫什么名字来着，对，叫《先谋生，再谋爱》。

没有面包的爱情，没有能力的梦想，哎，请不要 cheap（弄廉价）了这些美好的东西。

少一点套路，多一点真诚；少谈些梦想，多聊些商业。从本质上讲，我们用时间在交换金钱，用才华换来面包。世俗世界里，谁不是生意人呢。

世俗点，挺好。

发微信语音，浪费了谁的生命流量

其实发语音，会暴露你的能力、性格，甚至情商。

朋友说，他现在已经反感接收微信语音了，不管是同事还是朋友，留言超过 30 秒的，就要翻白眼，连续好几条的，根本就不想点开。

我说我也有这种感觉。身边朋友中，一定有这么一类人，和你聊微信的时候，不打字，直接用语音和你讲。10 秒钟能说干净的事，一定要发二三十秒吗？而且中间充斥着停顿、重复、缓冲词以及各种慢条斯理。最后听完了，还不一定讲到点子上。"几十秒还没说明白，又发一条几十秒的来解释。我的时间有那么不值钱吗！你以为面对面聊天呢，耳朵听着累不说，手都举着累。"

大家都有表达的欲望，却极少人有表达的能力，尤其是高效的表达能力。

我认识到表达能力这项技能的严肃性，是因为之前发生在自己身上的一件尴尬事——是的，我要自黑了。前段时间在北京一家互联网公司，负责音频这块业务的主持人说，既然来北京了，帮我们录一场吧。我说什么主题呢，她说什么都行，时间管理啦，写作技巧啦，职场经验啦。她加了一句，你写了那么多文章，挑个主题，随便讲个 10 分钟就行，没问题的。我真信了，我觉得应该不难吧，那就录吧。我挑了一个碎片化时间管理的主题，想了一个大概的结构，然后就开始对着嘴边的麦克风："大家好，我是……"结果一分钟后，我就晕了，掉链子了。问题是：

逻辑不清，一边说话一边想逻辑，这是最致命的。当说完这句话，下一句还不知道怎么接的时候，导致停顿和卡壳。为了弥补这空白的尴尬，必然会把之前的话再表达一次，结果又导致重复。句子之间，甚至句子之内出现连接空白的时候，语气词和缓冲词就拿出来搬救兵了，于是出现了"额……""然后……""嗯……""那么……"，导致语言乏味，思维破碎。才发现原来我是个逻辑不清又废话特多的人，之前还一直盲目自信，觉得表达能力挺好的。耳边响起高晓松的名言——人类，都是高看了自己。**高效表达能力，如今已经从一项简单的技能，晋升为基础能力，甚至是职场的核心技能。**

因为有人表达，势必要有另一方耐心收听。但可惜，这是一个没有耐心的时代。因为我们身处在一个碎片化信息时代，信息严重过载，时间严重被肢解，耐心像一个无辜的小孩，被逼到时间的墙角，惊恐地看着这个肿胀的世界。我们发出的讯号，想要马上得到反馈；文章超过两千字，就不想往下拉手机屏幕，把作者都活生生地逼成了标题党。总之，不能拖，不能等。

　　这个时代，考验耐心，有时比试炼爱情更有风险。互联网公司更没有耐心，身后的资本在使劲挥着鞭子，脚下踩着 A 轮 B 轮，烧着钱，奔向最后的 IPO（首次公开募股）。以百米冲刺的速度跑马拉松，一定要跑进垂直领域的行业前三，因为跌出前三，不管是第四还是最后，结局都是出局。于是风口一来，就恨不得马上厮杀成一片红海，红利的周期越来越短。于是短视频会取代长视频，于是鸡汤文的阅读量远胜干货分析文。这是个用力过猛的时代，比狠、比惨、比吐槽，要一个镜头就抓住眼球，要一句文案就打动内心，就是要制造矛盾，创造冲突，各种谩骂，不要三观正确的"老司机"，而要观点犀利见血的 KOL。《奇葩说》节目的马东在中央电视台一本正经的，没用，在《奇葩说》讲一口流利的污段子，才能好好辩论。没有耐心的时代，注意力是极度稀缺的资源。能获取大众持续注意力的，就是超级 IP，就是一条当日推送几十万，就是一条广告卖上千万。有人说这是信息透明的好时代，有人说这是浮躁嘈杂的坏时代。说这些都没用，这个时代就这样了，上了快车道就不可能慢下来。我们唯有拥抱，小步快跑，谨慎前行。咨询公司的 30 秒电梯理论是有道理的，面对客户阐述方案解释产品，或向上级汇报工作，一定要言简意赅，提炼观点。当客户对你失去了耐心，语气敷衍、眼神游离，当老板打断你的话，让你直接"get to the point"（直击要点），你要谈的事，对不起，已经黄了一半了。没有表达能力的人，标签是：做事没有效率，说明懒；思维不够缜密，说明蠢。

　　另外，我要提一个偏激的观点——表达能力不行的，往往情商也高不到哪儿去。因为，表达能力也是考验一个人是否为他人着想的能力。经常碰到一些人一分享自己的故事就收不住，甚至热泪盈眶，说着说着就把自己感动得稀里哗啦。但是分享的内容却是和听众没有关系的，和主题是脱节的。结果你在上面自嗨，我在下面无感，场景尴尬而无奈。

我们都关心自己有没有说爽，而没有考虑对方是不是有必要听。更直接点说，我们都太在乎自己的体验，而忽视别人的感受。情商高的人，表达的时候，句句扣点，见好就收。昨天我做了一个对比，看一篇微信公众号的文章大概用时 2 分钟，而我把这篇文章读下来，用了 7 分多钟。所以同样的内容，看文字的效率其实比听的效率是要高近四倍。这还是不停顿的流畅表达，不然所花的时间更长。写文字需要组织语言逻辑的过程，所以你花的时间长，但是节省了对方的时间；但发语音是节省了自己的时间，说话多舒服呀，但浪费了对方宝贵的时间。既然高情商的标准是能不能为对方着想，那么，表达能力不行，就是情商低，就是不尊重别人。高效的表达，是对别人的时间最好的尊重。

那么问题来了，我们该如何训练自己的表达能力。说实话，作为一个表达 loser（失败者），绝对没资格给建议，但或许可以分享自己努力的方向。

记录下自己的声音，复盘找缺点。在深圳线下分享会的时候，我特地让视频制作团队多架一个机位，把我整个分享全过程录了下来，看看自己在现场到底是个什么样。几天后他们把视频传给了我，我特地挑了一整块无人打扰的时间，坐下来对着视频里的自己复盘。结果，听了 10 分钟就听不下去了。太啰唆了，太冗长了，太没有节奏的愉悦感了。当时现场的读者们，是怎么忍下去的。问题是，我当时整整侃了 40 多分钟，而且还觉得时间太赶，没有尽兴。但还是要听下去，发现自己表达的问题，哪些口头禅要避免，语句重复的原因是哪些。

反复操练，训练缜密思维。语言聚焦的能力表达是容易的，但是当要求你一气呵成，并且思维缜密，且中间不要有停顿和无畏的重复，这个表达，就是门手艺了。从这角度来说，我真心挺佩服罗振宇的，他发的语音内容充实，表达各种到位。让人不费力地听完 60 秒，不觉得累，还觉得特别有收获。但是罗胖他也承认，一条语音有时候要录好几十遍，要死磕。所以，下次再发语音，尤其是讲一件事，说一大段内容的时候，请在脑子里先列个提纲吧。请尊重对方的时间和耐心。

这世上的大多数事，都是关我屁事

经常有朋友问我，你自己的理财生意那么忙，还写公众号、出书、全国各地跑，你平常是怎么安排时间的？

其实我自己也在摸索总结，讲碎片化时代如何提高工作效率的方法论多如牛毛，我不想讲一堆，就分享自己感触颇深的三点吧。

首先，你要知道，世界上的大多数事情，都可以用"关我屁事"来回避。

微信好友上限是 5000 人，但根据邓巴数字（也叫 150 定律，由牛津大学人类学家罗宾·邓巴在 20 世纪 90 年代提出。该定律认为：人类智力将允许人类拥有稳定社交网络的人数大约是 150 人），我们交流的社群人数一般最多就 150 人。有的朋友微信动不动就几千好友，但如果你不是做微商搞社群经济，又不是像李笑来那样要好几个 5000 人的微信号一起做粉丝营销，平常人社交要那么多微信好友干吗？

现在有这么个现象，参加一个活动，或者朋友组个局，以前大家是相互交换名片，现在是互加微信，然后不知不觉微信好友就……一方面确实更方便了，另一方面也其实更麻烦了。

第一，太容易被别人找到了，或者更直接点说，太容易被骚扰了。不知道你会不会像我一样，7×24 小时被微信包围，有时候特别希望自己不在线，哪怕只是装一会儿。

第二，朋友圈交互太累。微信好友太多，有时无关痛痒的人回应你的朋友圈，统一回复吧，显得不够真诚，逐个回复吧，又太消耗时间。如果你微信好友够多，你可以每小时刷朋友圈不带重复的，很有可能错过你真正想关注的人的状态。

还有就是现在多如牛毛的公众号，以前传统媒体，写文章出版还是有门槛的，现在不管晒文字、晒图片，哪怕晒肉、晒内裤，只要开个公众号就可以说自己是自媒体了。最近的热点是房价，于是快速产生了几万篇几百万字写房价的文章，爆款文多半不是理性分析的，而是散播恐惧的。

关注的公众号多，其实并不能带给你更清晰的判断。相反，一篇 5 分钟阅读的时间，消耗的都是原本就不多的青春。

信息匮乏和信息泛滥，本质上是一样的。公众号是贼，偷光你的选择。

我们不需要那么多不同领域和有趣的号，留下几个有用的，和几个自己喜欢的，就好了。比如我的。

只有觉得自己的时间不值钱的人，才会天天参加各种包装得高大上的活动，这些人是各个红酒聚会和游船聚会的常客。哦，因为好些是免费的。不过，人家为什么要免费请你——涉世未深的年轻人呀。

你对于大多数人都没那么重要，不要逢年过节人家一条群发的祝福短信，你还花枝乱颤屁颠屁颠地精心回复。不仅愚蠢，让人家也无所适从。

一个成熟的人的标志是，懂得做减法。做自己时间的主角，不要做别人的配角，我们没有那么多朋友需要社交，没有那么多饭局需要你在，我们不需要你的热心泛滥。

生命是个逐渐剔除的过程。多花点时间在真正值得的人和事上。

第二点：不在趋势里的努力，都是瞎努力。

既然第一点说了不要浪费时间在无谓的人和事上，来，我们接着往下挖。很多人觉着自己也挺努力的呀，加班加到感动自己，没有浪费时间给世界。但同样几年后，有些人迅速起来了，而另一些人却原地踏步甚至被淘汰，为什么。

不要再用"我很努力""天道酬勤"来欺骗自己、感动自己、麻木自己。

因为努力只是个战术，而洞见和判断才是战略。在平稳时代，兢兢业业就可以了。而我们不幸处在这个经济转型、社会折叠的时代，这时候的战略眼光比战术重要太多倍。

这几年的职场生涯，身边出现了太多因为战略选择不同而完全不同人生的例子。

我有个北京的读者，毕业后在一家国企工作好些年，比我年龄还大几岁，去年跳槽出来自己做事了。因为这个国企的业务越来越差，"再混下去，就只能等死了"。

我香港的一个好朋友，颇有才华，给 *The Wall Street Journal*（《华尔街日报》）写专栏，研究生毕业后怀揣着媒体梦一头扎进传统纸媒。可惜香港的纸媒已凋零落寞，这两年做下来，薪水没怎么升，未来也看不到太大希望，准备转型或离开。

我感慨，以她的才华，如果当年选择去内地发展蓬勃的新媒体，或许现在就是完全不一样的光景。

而另一些朋友，年纪比我还小，有自己的技能长板，再加上早几年就抓住了移动互联网的风口，无论是个人品牌还是项目，都经营得风生水起。隔半年见个面聊天，都忍不住惊叹——哇，现在的你怎么混得这么好了，简直是裂变。

这些例子有太多，以后我甚至可以单独撰文来表，这是个大问题，关于选择，关于洞见，关于未来的趋势判断。这里就说一点，那就是——**如果你跑错了赛道，那么勤奋并不能换来颂歌，辛苦只能感动自己。**

第三点：工欲善其事，必先利其器。

好的职场装备，就如同战士打仗时候手上锋利的剑。

年轻时我们为了省 600 块钱选了那个运行慢的手机，后来拜这个手机所赐，我们少赚了无数个 600 块。

职场白领们最离不开的生产资料，除了手机，应该就是电脑了吧，甚至很多人的职场时间，就是活在电脑上的。那么问题来了，你真的会用电脑吗？

更准确地说，你真的会高效使用电脑吗？

这一点我是有资格说的——其实很多人在电脑操作上浪费的时间，比想象中要多很多。

我算是骨灰级 Mac（苹果电脑）用户。我现在使用的 Pro with Retina Display（专业版视网膜显示屏），几年前买的机型，到今天仍然领先，稳定持久的续航能力让经常出差的我总是很有安全感。但在我看来，苹果牛的真不仅是它的硬件，最牛的还是软件操作系统。

很多人说苹果的系统不好用、不习惯，我想说，其实，那是一片你没发掘的美丽新世界，你需要花点精力摸索。只是，你不愿尝试或不愿改变。所以你的世界，还是原来的世界。

现在的不愿学习，带来以后更大的浪费。

比如 Mac 触控板强大的 Mission control（任务控制）功能，目的在于通过单指、双指、三指的不同操作，实现比鼠标更高效强大的使用体验。但是很多人不会用，不少人还在用"点按"，而不是用"轻触"，用食指点按加中指拖拉，而不是直接三指拖拉来操作选中。看到明明用两个步骤可以解决，他们却用了五六个步骤才搞定的时候，我内心总是长叹一口气，太——慢——了。

就像明明开奥迪 R8，却常年高速跑标准 120 码——太不尊重车子，太侮辱 Mac 了。

相对于 Mac 强大的触控板功能，我认为更好用也更高阶的，是 Mac 的快捷键。有关屏幕的一切，都在键盘上完成。比如打开关闭几个网页，复制粘贴图片到不同窗口，不同程序自由切换，直接键盘操控整个文本的编辑，等等。

我当然不是用 Mac 最熟练的人，不过有个妹子看我在苹果电脑上办公的时候，赞叹了一句：你电脑用得好性感呀。

别错把平台当本事？平台就是本事！

优质平台和普通平台的差别，就像一线城市和四线城市的差别。

我有三位原麦肯锡级别挺高的朋友：一位是一诺，如今的盖茨基金会的中国区负责人；一位是 Mike，原负责麦肯锡中国区招聘；一位是 Effie 的老公，现在还是麦肯锡全球副董事。

我发现一个特别有意思的现象，就是他们说话和思维的方式，都有很明显的麦肯锡标签——比如语速都偏快，中英文混体；比如分析事物的逻辑很有麦府的那一套标准；比如给人的气质，就是混迹顶级咨询圈的商务范儿。

大家知道，我是环境决定论者。我相信环境对多数人的影响，是大到起决定意义的。

而职场上，我是平台决定论者。平台的差异，对一个人的职业发展，也是差不多起决定性的。

就像一个男人在面对不同的女人，对前一位的态度可能是人渣，对后一位可能秒变暖男。一个人放到不同的职场平台，一年后，有可能废掉，也有可能成为精英。

职场的年轻人，选择事业的时候，我觉得就两个方向，第一个是来钱特别快的地方，比如一年马上赚几十万、上百万，帮你快速完成原始财富的积累，甚至在某种程度上允许牺牲掉某些职场成长——**因为财富上一个 level，你的眼界、思考方式和格局，一般都会相应提升一个档次。这是真的。**

但是这种机会极度稀缺，除非你刚好踩到了一个行业起来的风口，第一时间赶上了红利，赚了一笔。

第二个方向，就是尽量进入自己够不上、比自己能力更高级的平台。因为一个好的平台带给你的价值，远远不止是薪水那么简单，甚至有些好平台的薪水低于同行业。但是，你要想尽一切办法进去。因为你的薪水一年差几万块，其实根本没什么大的差别；但是好的平台，能带给你脱胎换骨的改造。

一个好的平台对人的影响，除了职场专业素质方面的基础提升（这点无须多谈），对一个人未来的职场乃至整个人生，其实更意义深远。

1　好的平台就是本事

此前有篇比较火的文章，叫作《别错把平台当本事》。说平台是平台，你是你。我倒持反对意见。平台就是本事，你能利用优质的平台对接大项目，结识优质的人脉资源，你的本事就这样起来了。

对很多职场新人来说，最大的优势就是有时间、有精力，最大的问题就是没钱、没资源，这是非常严重的资源错配——让一个人在最好的时间不能发挥最大的潜力。

怎么解决——找到好的平台。

对于年轻人，你所能接触到的大项目和大客户，都是平台给你的。否则，你根本不可能接触甚至调配更高级别的资源。

一家知名咨询公司的朋友有一次和我说，Spenser 你知道吗，我前年从上一家公司离职，进入这家公司，上周我们接手了一家公司的战略咨询业务，那家公司就是我的前东家。

"以前我是员工，而现在我居然以咨询顾问的方式给我原公司的董事和CEO 讲战略。我都疯了。"

我说这很正常呀，你现在踩的是巨人的肩膀，没有公司这个平台，你不可能参与这样的项目，也不会获得这么快速的成长。

2　好的平台，就是好的圈子

与其说好平台给你的是能力上的提升，不如说是气质上的飞跃。因为一个人的职场气质，来源于他的眼界和格局，来源于操盘过的大型项目、接触的人。

我另一篇文章《你的圈子，就是你的未来》，有读者在后台反驳我，说Spenser 你写得太偏激，当一个人有实力的时候，才会有圈子和江湖地位。

我说，你说的是正确的废话，一个人有实力，当然会吸引更优质的人、有更好的圈子。但是一个人怎么才能有实力呢？我的观点是，当你融入更优质的圈子，你的眼界、思维、格局都被一帮牛人影响，你才会少走弯路，更快抓住机会，更早走向成功。

不是靠阿谀奉承硬把自己往里面塞，而是脚踏实地朝着那个方向的人去。

平台真正厉害的地方，在我看来，不只是带给你专业素质上的提升，而是在好的平台，你能接触到一批更优质的人，不管是你的同事、上司还是客户。

好的平台最厉害的地方在于它是人才聚集的高地，让你有机会和一帮优秀的人共事，并且有机会让你的才华和能力被他们看到和看上。那么，在未来的道路里，他们可能成为你的合伙人或客户。

因为平台，你有了更好的圈子。

③ 好的平台，是你一生的信用财富

我们在职场第一眼判断一个人的时候，因为不了解，所以第一印象往往就看他之前供职的公司或平台。比如互联网科技领域的阿里、腾讯、百度、美团、滴滴、微软、谷歌的某个核心职位，出来的人就普遍受欢迎；咨询领域如麦肯锡、波士顿、贝恩的就让人觉得不会差；会计领域如果是四大出身，就会很加分。

我有不少在四大的朋友，在他们刚入职那几年，天天加班虐成狗，但是能力和素质撕裂般成长，这些人的市场溢价空间就很高。

其实去好的平台，就是积攒职场的筹码。

公司平台背书的价值，不仅在当下，甚至影响一生。

前几天在上海和一个朋友吃饭，她是 Uber（优步，打车应用软件）中国的前几号员工，很多 Uber 比较酷的现象级营销事件都是他们团队做的，比如佟大为请你坐专车啦，比如一键叫来直升机啦。后来她加入互联网创业公司做联合创始人。

我非常认真地和她说："你的头衔履历实在太好了，在中国有这样头衔的人都不多，你应该好好利用，发挥自己更大的价值，不要被低估。"

她听进去了，觉得有道理。过了一段时间，我果真在吴晓波频道的课程里看到了她作为讲师的身影。而她的身价、知名度和影响力，不出意外，会噌噌往上涨。

这两年在互联网的推动下，崛起了一批个人品牌很强的个体。当各个平台介绍的时候，你会发现他们的头衔介绍里，经常是前阿里品牌总监，前腾讯产品高级经理，前微软部门总监，等等。从这些公司出来，公司的背书会一直跟着你，帮助你做信任交换。这有可能成为你未来职场乃至一生宝贵的资源和福利。

讲真的，你的平台就是你的一生信用背书，用来撬动你更大的事业。

先装 ×，再牛 ×

其实很多人根本不懂装 × 的内涵和精神。

那些平时省吃俭用挤地铁、攒一两个月工资买奢侈品包包的姑娘，大都不被社会舆论所认可，甚至被贴上拜金的标签——没有这个资本，却想要不符合当下身份的东西，呵呵，虚荣。

我以前也是站在舆论这一边，但是现在，不这么想了。其实，这些姑娘的包包，不是干爹送的，不是男朋友买的，真的是自己开源加节流的成果，这种精神是值得尊重的。就像很多丑小鸭会嘲笑那只想要变成白天鹅的丑小鸭，挖苦她不知道好歹、不自量力，这种群体的舆论，有时会浇灭一颗想要改变现状、渴望突破的热心。就像那些领先于时代的人，刚出发时一定不会被这个时代所接受。她们也许会因为有这么一款轻奢的包，从而对自己每天的外在着装更有要求，从而对每天出门的妆容更加挑剔，从而注意让自己的谈吐更加优雅有范儿，这样才能配得上这款包的气质。每天不自觉地暗示，对自己更加精致地要求，也许在未来的某一天，她们背着这款包出门的时候，从一开始的违和，逐渐变得搭配又和谐，从最初的人因包吸睛变成包因人闪耀。而当你成为更好的自己的时候，就会更被别人欣赏，更被社会认可——那时候的收入，真的可以满足这款包的价格了。谁说只有收入高了才会变得更好，其实反过来，才是正确的。先让自己更好，因为你值得。

很多时候，我们是需要活在自己设置的对未来的美好幻想里的，我所理想的生活，一定不是现在的样子，我想要呼吸更上层的空气。我们有时候需要刻意按照想象中未来的样子去生活，这时候才觉得前面的路，是有希望的，才不会在意当下的苟且，甚至忘记目前心酸的日子。

我一直相信一句话，甚至很长时间奉其为我的座右铭——you should fake it, until you make it。

翻译成白话就是——请一直装 × 下去，直到你变得牛 × 的那一天。

虚荣在很多场合是贬义词，但是，这不正代表着另一种不满足现状、渴望突破现状、改变现在阶层的愿望吗。或者，一个包包就是一个被实现的小小梦想。当她们成为包包主人的那一刻，是不是觉得，自己未来的美好生活也不是那么遥不可及呢。这种小小的梦想，是珍贵的，甚至是应该被保护的。

我分享一个自己当年如何虚荣的例子吧，拿出来自黑一下。现在每次我想买表的时候就去 IWC（万国，手表品牌），那天朋友陪我在香港"1881"看表的时候，问我为什么就只要 IWC 这个牌子，而不选其他。我说万国表的款式我比较喜欢。但其实这个牌子，对我有特殊意义。

几年前我还在领几千块一个月工资的时候，有一次在机场候机，一个推销仿真表的表贩子走过来，说要不要看名表，然后给我展示了几块高仿的世界名表。我看着真喜欢，当时还了价钱，硬是800块人民币买了一款高仿IWC。因为做工还不错，戴在手上的时候，好些同事和朋友都没看出来是假的，有的看到牌子说："哎哟不错哦，万国的表哦。"我语气闪烁着："嘿嘿，还好还好，嗯嗯。"但是心里是虚的，脑子里当时的念头是，不久的未来，我一定要买一块真的万国表。

当我把这段黑历史讲给我朋友听时，他哈哈大笑，说原来你当年这么装×的，虚荣啊虚荣。我说是的，就是当年的喜欢装×、爱慕虚荣，让我成为现在的样子——IWC的这款小王子限量版，买了。

追求物质的人，本身没有错，美物本来就值得追求。就像穿过"7 for all mankind"（高档牛仔裤品牌）的牛仔，你就不愿穿Levi's（李维斯，牛仔裤品牌）的了；就像住惯了SPG（喜达屋酒店）系的酒店，就不愿住全季了；就像你爱过一个极好的姑娘，其他人，便成了将就。

那些追求物质的人，谁说不是在追求更好的自己呢。只不过有人心态不对，只想着别人给，不去自己努力争取，这些人，就是纯粹的拜金和虚荣了。有一次有人问潇洒姐王潇："你为什么追求那些物质的东西，那些身外之物？"王潇回答说："**这些身外之物，从来都不是身外之物，这些都是我自己。**"

很多时候，装×是加重了生活的仪式感。承认吧，我们平庸无味的生活，多么需要仪式感。我以前写过一篇文章，说自己家乡，三四线小城开了一家星巴克，结果里面人声鼎沸，熙熙攘攘，小孩在里面嬉戏，甚至有人在大长桌上打牌。当时我感慨"我在都市星巴克加班，你在家乡星巴克打牌"。我家乡的小伙伴也是无奈笑着吐槽说："本来以为开了家星巴克，可以带着电脑来这里喝喝咖啡、办办公，享受这种氛围，也偶尔文艺一把。结果，我现在要是拿着电脑去喝咖啡，一定会被别人说装什么×，回家干活去。"我笑着说，是他们不懂。你觉得一件正常的事，在别人眼里是装×，只有两种可能：要么是你真的在装×；要么你就该换圈子了，你原来的圈子，已经不适合你。不懂装×，根本就不懂生活。

米其林的美食不如你用心做的番茄炒蛋；明星演唱会的情歌不如在屋顶阳台你认真唱的那一首；豪车加999朵玫瑰不如你深情地从身后缓缓拿出的那一朵。生活的仪式感、精致感需要一颗细腻、好玩、认真的心。无趣的大多数人，只能过大众平庸的生活。而精致，其实和钱没关系。

你的收入，为什么还没有指数增长？

关于自己的公众号是否应该融资的问题，在朋友的引荐下和一些投资人交流了很多，从定位到需求，从商业模式到可持续发展，其中有一点，特别戳中我。

"如果你想追求的是线性增长，今年赚个 200 万，明年赚 300 万，后年赚 500 万，那小日子过得也挺好的了，就没必要融资了。"

"但是如果你希望是指数增长，过两年达到 1000 万，甚至是上亿的盘子，那就是完全不一样的思路和打法了。"

在股权投资领域，追求线性增长是没有意义的，要的是未来的想象空间。

由此我想到，我们的事业和职场，是不是也不该只追求线性爬升，而更应拥抱指数增长呢？

首先，追求指数增长是野心家的游戏。

在朋友的餐厅吃饭，他的餐厅半年前拿了天使轮，现在投资人要求他抓紧时间开分店，做成规模，嫌他扩张的速度太慢。他吐槽说，当初拿投资人的钱可能是个错误，自己确实也想做大，但投资人希望你做得更大，搞得现在疲于奔命。

没有太大野心的，就尽量别拿投资人的钱。

所以投资公司很少会投资一家单独的餐馆，除非是那种迅速扩张规模化准备上市的。因为一家餐厅今天翻了几张台，收了多少钱，扣除多少人工和租金，现金流是稳定的，对资金并不饥渴。然而最重要的原因是，经营餐厅，营收和成本是基本固定的，一家一个月赚 100 万的餐厅，你不可能指望明年赚 1000 万。换句话说，这样的未来是没什么想象空间的。而资本是贪婪的，追求最大化效益。没什么想象力的，早期股权投资不会感兴趣，又不是做个人理财——一年 8% 的年化保本保息就能让普通用户尖叫和兴奋。

甚至你现在不挣钱也是没有关系的，只要证明未来的盈利模式和想象空间，想小富即安的就不要和资本玩了。

当年京东融资的时候要 200 万，结果今日资本的徐新直接给了 1000 万，说刘强东你要的太少了。

其次，追求指数增长，已开始成为职场人标配。

很多人舒服地躺在稳固的线性增长曲线里，而没有看到别人在指数增长，没意识到自己已经落后了。

张泉灵对创业者融资说过一段话：我知道你现金流很好，不缺钱。但是如果你不拿投资人的钱，这笔钱就会给你的竞争对手。然后你的竞争对手就会花更多的钱来挖你的团队，买你的内容，甚至拿下你的公司。

万科这 10 来年埋头苦干、精耕细作、追求品质、追求管理，结果被玩资本、高负债、高杠杆的宝能和恒大欺负了，这就是资本市场上最鲜活的例子。

那么，如何实现职场上的指数型增长呢？我有几个不成熟的小建议，权当参考。

1 打造自己能力的"单品爆款"

互联网营销有个思维，叫作"单品爆款"，品类不用太多，集中全部精力做到极致，就能脱颖而出。

作为自己唯一的单品，我们也需要集中有限的时间，把自己打造成"爆款"。

碎片化时代，我们的注意力极容易被诱惑、被分散，而一项核心技能，需要10,000小时的训练。这10,000小时你要分10年才完成，就是线性增长；而你专注了，就有可能指数增长。

那么如何专注呢？

前天与和菜头分享了李笑来老师那句话——

生命中浪费生命、虚掷光阴、永陷贫困的三个大坑，就是：

莫名其妙地凑热闹；

心急火燎地随大流；

操碎了别人的心肝。

其实每天吸引我们关注的大部分内容，只有情绪价值，没有观点价值，更没有干货价值。每逢娱乐明星出轨爆出，就会诞生多少篇 10 万多阅读量的文章，撩起了我们多少无用的情绪，消费了我们多少的注意力——明星家里那点烂事，我们怎么就这么感兴趣呢？

信息匮乏和信息过载的本质是一样的。同样，选择太多也不是什么好事。这是一个要做甄别和做减法的年代，因为注意力是最稀缺的资源。**专注一件事，布好一盘棋，做好一个闭环，才能在垂直领域做自己的单品爆款。**

② 做那些让自己更值钱的事

说白了，就是现在做的事，当下可以没那么赚钱，但必须能让自己的未来更值钱。

为什么四大、4A 等公司薪水不高又经常加班，还是要去——是因为可以有大平台或大公司浸淫过的经历，每天和厉害的人共事或过招，思维的视角和专业度是不一样的。磨砺个几年，出来后身价自然不同。

这年头，满大街都是伯乐，千里马稀罕。就像平台太多，优质内容太少，只要你是优质内容，你就是甲方，就有充分议价权。

而另一些人，仗着这几年某些行业的市场行情好，赚了些钱，便觉得自己天下第一了，牛气冲天的。和他们聊天，感觉就像是土包子进了城，发个朋友圈只会让人产生下一秒就屏蔽的冲动，内容连碳水化合物都不如。

米饭没有营养，至少还有能量。

这类人就属于目前赚了一些钱，但自己本身不值这些钱。政策一变，行业一转，就很有可能今年天堂、明年地狱了。按照金融界的话语说，就是抗风险能力太差，泡沫太大，还不能保值增值，建议尽早抛售，不宜长期持有。

所以我不会建议年轻人白天上完班后，晚上去开个专车。不是说分享经济下赚点外快不好，而是因为开专车的附加价值太低，没有太多个人增值空间，你把一晚上的时间浪费在了一个附加值很低的事上，不值得。

就好像在餐厅端菜的年轻服务生，端出来的是饭菜，端进去的是青春。

没有任何歧视，这只是现实。如今在写字楼格子间的大多数小白领，若自己没有成长的思考和焦虑，做着上级分派的任务，盯着月底的薪水，本质上和端菜的服务生没什么区别——除了形式上，貌似更体面些。

大多数人，就是被这所谓的优越感弄废了。

在自我指数级成长的道路上，优秀的人会更优秀，平庸的人会更平庸。两条线，离开了交叉点，就只会距离越来越远。

3 / 经常复盘

青山资本的副总裁李倩在风投界颇有名气——之前的创业者，如今的投资人。她分享了自己的"思考力"心得："每个月我都会复盘，自己这个月和上个月比，思考的深度，对世界、对行业的认知，有没有提升一些，如果没有，那就说明时间被浪费了，要调整自己忙碌的方向。"

所以，**我们要在有限的时间里，多做些战略上的努力，而不是战术层面的付出**。不能自我增值的辛苦，统称"假辛苦"。而假辛苦只会换来一场自摸的高潮，自己爽了，别人无感。

写了那么多，最后用一个俗套的例子收尾吧。

两个乞丐在幻想，其中一个说："我要是当上了皇帝，我要饭时候的那个碗，必须是纯金的。"

我们何尝不在用职场上的乞丐思维呢？卖自己的时间换固定薪水的思路，终究是小农经济的格局。年薪没有达到百万级别的，你目前的薪水和时间成本比起来，终究还是便宜。

所以，对于未来，看得更远一些，想得更大一些吧。

有一种人，一开口，就圈粉

我给大家讲个段子。

准确地说，是我助理 Fancy 前两天讲给我听的，要是听完不好笑，咱们可得好好怪她。

这个段子是个真事。我助理有个挺优秀的大学同学，一个有个性的上海小姑娘。上大学那会儿，她同学在无印良品兼职，就是用课余时间去店铺里打理货物的一系列工作，她在那儿做了很久。有一天她下班后在朋友圈发了下面这段话——

今天店里来了个女顾客，抓着我就命令："我要这件的 large（大号），如果可以 transfer（调取）多件，我都可以 all in（都买走）。这个在 on sale（打折）跟别的不一样，我要是下一 week（周）回来买，这个 sale（促销）还有吗？"说话的时候还配一脸得意的公主表情。

我助理接着问，那你怎么应对的呢？她同学说：我一看她这态度就不高兴了，但不能嫌弃形于色呀，就马上特亲切又快速地跟她开英语腔了，结果那位顾客一脸反应慢半拍。收场的时候还问了句：亲爱的我们可以留美国的电话吗？

我听后呵呵两句：哼，英语真是装 × 和反装 × 的最高武器。

1 魅力是一种选择

有次我被叫去吃饭，认识了一个年轻人 Dan。Dan 虽然面庞青涩，气度却颇有大将风范，对着一大桌子混迹职场数十年的老油条，从容自信侃侃而谈。虽然他学历高、智商高，而且颜值身材俱佳，刚工作两年就为公司创造了上亿收益，但我夸他优秀还真不是因为这些。

重点是，他全程都是用英文讲的。

水平和 TED（英文技术、娱乐、设计首字母缩写，会邀请思想家和实干家做演讲分享）脱口秀差不多了，肯定是 native speaker（说母语的人）吧？没料到，人家是土生土长的香港人。我问他，全场都是中国人，你为什么不用中文讲。他带有一丝羞涩地告诉我们："我一来就发现邻座那位朋友一起带来的父亲是没怎么学普通话的那一批香港人啦，然后对面的两位女士好像又不会讲粤语，所以刚刚那个场合只有讲英文才能让大家都听懂。"

这个优越秀得，我绝对要给满分。

不管我们如何多元地评价早期英国控制带给香港的影响，但香港人民对英文教育的重视的确让我感慨。西餐厅里用英文点单的老大爷，用英文给内地游客指路的清洁工阿姨，7–11 里一口标准英文播音腔的职员……其口语能力之强，表达能力之高，令人折服。

行走在香港的大街小巷，你总能感觉到，不论年龄、不论身份，只要他一张口说出地道的英语，就会散发出超乎形象和地位的魅力。

2　学会表达，再谈实力

在职场上摸爬滚打了这么些年，我有一句经验之谈，必须要说：**学好英语，比学好什么都重要。**

为什么？因为你未来的职业，可能和你学校里学的知识一点关系都没有，或者说，这些工作能力到了工作岗位再学也来得及。唯一需要你玩命砸时间、砸精力的学科，就是英语。

英语在这个时代，已经成了一项必备技能。讲不好英语，你有时甚至跨不进面试的门槛，那还谈什么在职场上一展实力呢？

别跟我提什么某些管理层都不会说英语——**时代不一样了，市场自然也不一样。**除非你是马云的儿子，否则我们中的大多数，都要乖乖地走进完全竞争社会，不断提升自身实力才能试图站稳脚跟。而自身实力中最重要也最客观的一项，就是英语水平。

不少职场上屡屡碰壁的朋友找我倒苦水，"我不是没能力，只是面试的时候英语没讲好""我不是没思路，只是开会的时候忘了那几个词怎么说"。

我想法全在脑子里，只是嘴上表达不出——真的别解释了，关键时刻"说不出"和"我本来就没有"是一个效果。

抓不住展现实力的机会，跟没有实力，本质上是一样的。

3 "抓住"机遇是展示实力的前提

我有个资历普通、背景也很一般的朋友，就因为英语说得还不错，抓住了一个做外交官英文助理的机会。

暂且不谈他的工资从跳槽前的五千立刻抬到小两万，我这朋友，整个人生都发生了翻天覆地的变化。由于每天跟着 boss（老板）接触了不少商界、政界大神，他的眼界和人脉都飙升了好几个层次。再加上他脑子聪明善于制造机会，他借助身边的人脉资源做起了火锅店生意，现在已经成了小老板。

我们聊天的时候，他颇有感慨：没想到自己二本大学的学历也能有今天，最想感谢的就是当年体罚他的英语老师。

哦，当然，我并没有美化体罚。

他说，没有英语，他根本不可能跨进那层社会，遇到那么多优秀的人。是因为英语，他才能突破自己的圈子，接触比自己厉害的人物，在接触他们的过程中不断自我升值，慢慢也变得厉害起来。

机遇促进成长，成长造就能力，能力又会创造新的机遇。

Everything is approachable as long as you want it surely enough.（只要你想要，一切都是触手可及的。）

很多人学不好英语，是因为没意识到英语的重要性。但我上面说了这么多，想必大家也都对此心知肚明了。

可能有读者要说了，Spenser 你说得对，英语使人强大，使人从内而外焕然一新。可是我还是学不好是怎么回事啊？我是不是天赋问题啊？

当然不是。

问这些问题的你，有没有每天都要求自己说英语呢？一定没有。

你想想孟母三迁的故事为什么能够千古流传就懂了，环境和习惯影响着我们。

你出国留学一年半载，每天用英语聊天、点菜、购物，想说不好都难。而且突然不让你说英语了，你还会浑身难受。

语言学习的方法，如果只能用两个字来总结的话，就是：沉浸。

但是，没条件没时间留学怎么办？难道就无法"沉浸"了吗？

当然不。

你看姚明。他刚打球时英语可没那么厉害。可是现在，美国休斯敦市长以他的名字命名 2 月 2 日为休斯敦的"姚明日"。之后，他的 11 号球衣也迎来了退役仪式。多少人观看了那场退役直播？姚明全英文演讲的样子是不是帅呆了。他曾经也和我们普通人一样，通过自身的努力去克服语言的障碍，定期和外教交流学习，才成就了今天的口才。

姚明也带动了千万人在语言方面的成功，最近看了一支姚明拍摄的视频，讲述了几个奋斗者突破语言瓶颈，不断为自己的梦想努力的故事。我们看看人家是怎么"沉浸"的。

就算我们只是这个社会最渺小的螺丝钉，我也希望，下次客户用英语跟你装 ×，你能来个漂亮的回击。哦不，回击的目的，是达成圆满的人生。

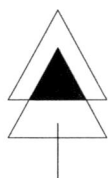

第四章

CHAPTER
FOUR

—

聪明职场人懂得用精益犒赏自己

起

崛

体

个

你朋友圈发的每条信息，都在出卖你

我发现，微信朋友圈的套路很深。

如果你想第一时间最直接、最有效地了解一个人，基本上看他发的朋友圈就可以了。

虽然发朋友圈都是选择性表达，或者更赤裸裸地说是内心最深处的装×表现，但你所转发的内容，表明你所关注的领域。

比如老人家转养生帖和爱国帖，妈妈们转育儿文和母婴电商活动，经常转 36 氪的一看就是创业狗混互联网圈的，天天转马云、巴菲特、比尔·盖茨鸡汤的基本就是做微商或直销的励志中青年。你所写的评论，就是你的态度和价值观，有人天天歌颂伟大祖国，也有人天天骂政府、骂楼市、骂货币超发。你所晒的照片内容可以看出是经常旅游还是经常加班；直接发原图还是做构图和剪裁，用什么滤镜和修图软件，可以看出是文艺小资范儿的还是走性冷淡风——这都暴露了你看待这世界的角度。

你的朋友圈，就是你最好的标签。

　　总之，在这个美发店都是首席和总监的年代，中关村遍地都是 CEO、COO（首席运营官）、CFO（首席财务官），总裁、副总裁头衔印满你收到的名片，单靠 title（头衔）已经失去了光环和背书。而朋友圈就是你的独特标签，而且还是更多元的，不仅限于职场的。

　　很多人说，朋友圈本来就是熟人社交，自己想发就发，哪有这么多条条框框。

　　这里我要提出自己两个较为偏激的观点：第一，微信的功能，早已经不再是熟人社交而已；第二，朋友圈也是社交的江湖，也讲江湖规矩。

　　首先，微信不再是一开始的我们彼此很熟，才通过通讯录添加微信，那确实是原始的熟人社交；而现在的情况是，我们刚刚认识彼此，我们可以交换名片或不交换名片，但是我们一定会互加微信，尤其在商务场合，对不对？所以，我们是先加微信，后慢慢了解对方。微信早已脱离了熟人社交的概念，越来越多走向陌生人社交。

　　熟人社交可以不拘小节，随意随性；而陌生人社交，就要注意很多分寸了，因为你时刻在暴露自己的性格、态度、品味和取向。

　　其次，讲一讲朋友圈的江湖规矩吧。微信的本质当然是社交属性，但是因为公众号这个伟大的发明，微信其实已经具备了超强的媒体属性。对不起，我侮辱微信了——其实微信已经成为目前最大的社交媒体了。为什么这么说，其实很好理解，现在中国最大的网络媒体，一个微信，一个微博，至少占据了 60% 以上的大众关注流量。其他什么凤凰、头条、豆瓣、知乎等，都是相对垂直类的，体量无法和微信、微博抗衡。

一句话，微信开始越来越多地走向陌生人社交，并拥有大众媒体属性了。

既然是陌生人社交，既然自带媒体属性，就会导致两个结果——第一，你发的朋友圈内容，是提升了自己的个人品牌，还是伤害了个人品牌；第二，你发的内容，对关注你的他人而言，是否有营养价值？

当大家不再把朋友圈当熟人社交平台，而当作一个媒体，来获知资讯和知识服务的时候，那些每天在朋友圈刷广告或连续发 N 段视频的人，就会带来极度反感，让人产生屏蔽或拉黑的冲动。就是因为这些垃圾内容占据了大家希望在朋友圈看优质内容的空间和时间。

关注有些人就是浪费，所以我们要清理和优化自己的朋友圈环境。

当然，无节制发帖的人毕竟是少数，更大的层面是，你转发的如果经常是那些煽动性内容、未经证实的谣言，久而久之，你在那些思想比你高级些的、没那么熟的朋友心里就显得有些蠢。发布的照片像素不清晰，甚至品质低劣画面模糊，就显得你审美太差，品味太低。

朋友圈的物以类聚、人以群分就这样悄无声息地开始了。

反过来，那些有思想、有调性、有审美的人发布的朋友圈，就会成为稀缺品，成为价值高地，成为大家想要关注的优质内容。而那个微信好友，就成为另一种形式的头部 IP。

这一点我其实体会特别深。

今年对我来说是跨度特别大的一年，因为多了一些身份，进入了一些以前接触不到的圈子，认识了一些不同行业、不同领域比较厉害或有意思的朋友，一起吃饭或喝茶，互加了微信。而我发现，他们的朋友圈内容，经常能让我学到好多关于行业的新洞见。

比如一些做风险投资的朋友，他们就会经常发表一些关于各个行业的判断或事件分析，甚至谈一些更直观和深刻的内幕八卦，不经意间更新我的知识结构；比如一些影视圈的朋友，他们就会晒一些平时在媒体上才能看到的明星生活照，甚至很多时候是他们的更新先于媒体，让我也很有先睹为快感；还有这几天比较火热的电影，看他们状态就知道目前票房厮杀得多么惨烈。

另外，**关注优秀的人的朋友圈，是最好的自我成长方式之一。**

虽然我是知识付费的坚决拥护者，但是并不看好目前市面上的很多付费内容的效果。一些 App 上的付费课程，内容肯定是比一般的线下培训好很多，毕竟敢在互联网上玩收费的，一般都是自有品牌、自带流量的大 IP 们。

然而，最核心的问题是——没有持续的黏度。什么意思？有在网上付费经验的同学就会明白，不管是付费阅读也好，付费社群也罢，一般都是头几天比较热情，想着我交了钱了要好好学点干货回来。但是一般过了一段时间，就注意力分散或没有动力了，甚至都想不起付费的这个事了。有数据统计，只有 10% 的付费用户，会一直坚持学习；超过一半的付费用户，付费一周后流失率巨大；甚至很多比例是，付完钱后，压根就没有学习过。

这个和花钱买健身年卡的道理，本质上是一模一样的。所以健身房一直在卖年卡，而不用担心人满为患的问题——因为大多数人，都是一时的积极性冲动。

人性啊人性。

而朋友圈的出现，就最好地解决了持续黏性问题。

没事刷个朋友圈，早已成为是每个人的日常——高黏度由此而生。而且可以留言和发表评论，解决了交互需求，提高了参与感。另外，朋友圈属于碎片化学习时间，不受时间和空间限制。

优质内容＋高度黏性＋高频交互，我觉得在朋友圈学习，就是目前最好的学习方式。而且这种学习方式，**不带着功利的目的，潜移默化中发生——这就是教育的本质呀。**

你和头等舱的距离，差的不只是钱

有一次出差从北京首都机场飞上海，刚好与我香港的合作伙伴 Liya 和她老公同一班飞机。那天早上首都机场特别拥挤，机场像春运时的车站，排队换登机牌，排队等过安检。我到机场比较晚，看这架势再这么排队下去就要误机了，而应急通道也排满了人，说还要再等十分钟，焦虑得不行。我打电话给 Liya 问他们到了没，怎么没看到他们。她说他们走头等舱通道，现在在候机厅吃早餐。他们太爽了，我和乘务员说下千万别让飞机飞走了啊，别落下我不管了呀。

当我拖着箱子一路奔跑到里面，一脸狼狈地出现在她面前的时候，她甩我一眼故作鄙视的眼神，说："你怎么想的呀，脑子进水了吗？以你现在的收入，居然不坐头等舱，要不要这么抠门。"

我们一起登机，她左转前往头等舱，我右边通往经济舱，突然想起很搞笑的那句话——世界上最遥远的距离，是头等舱和经济舱的距离。

而这次的差距，却不是因为钱的差距。

因为起得太早赶飞机，飞机上犯困，我平时都在飞机上码公众号文字，而这次实在太困了，但坐着睡又不舒服，想着 Liya 此刻在头等舱躺着美美地睡觉，突然就很想问自己这个问题：我现在明明确实坐得起头等舱了，为什么从来没想过去坐头等舱。我也明明知道现在时间对我来说是最宝贵的，排队只能干着急，为什么脑子里却没有要坐头等舱来节约时间的念头，好像长期脑海里的思维就是——头等舱和我是没有关系的。

到上海后，我们坐在去市区的专车上，我和她说了我的想法，她笑着说，以前她也这样过。你现在收入升级了，但是消费观念还没有完全升级，或只升级到了初步阶段，还停在原来一年赚十万的思维上。

她和我说她当年调到新公司后，拒绝公司配的司机，说这些事情可以自己做，为什么要麻烦别人。公司的人就和她说，你错了，公司花这么多钱雇你，你的时间是不完全属于你的。你的时间是很贵的，如果浪费在开车这些低效率的事情上，是在浪费公司的钱和资源，是不道德的。

原本觉得分内的事，从经济效益角度看，变得不道德了。但我们都知道谁是对的。

1 观念的转变比收入的转变，要难很多

以前搬家的时候，父母舍不得扔掉那些衣物，虽然以后一般都用不到，但他们宁可让这些无用的东西占据着几万一平方米的空间——因为以前穷过。

长辈吃饭的时候，明明已经吃得差不多够了，却不舍得剩下，硬是尽量光盘，虽然知道多吃无益，还要花更多时间运动消耗——因为以前饿过。

这些观念是如此根深蒂固埋藏在当年的基因和血液里，控制着我们这些年成长的思维习惯，让我们做出现在客观上已经不合理的选择。

我们现在的决定，其实都被过去绑架。我们之前的思维模式和对世界的认知，就像一个思想的牢笼，形成一套固定的思维定式。

就像当年我刚开始做香港保险业务的时候，那时候觉得谁一年能买个五万美金就算是大客户了吧，想谁会花这么多钱买保险呢。但后来接触的高净值客户，他们买的保险数额，经常刷新我的认知。我开始明白原来有钱人可以这么有钱，原来几百万在他们眼里算零花钱。

再进一步说，这种思维，其实比牢笼更可怕。如果是牢笼，我们至少还有挣脱的欲望，想看外面的世界，而这其实是一口桎梏的深井，我们就是底部的青蛙，看着头上的那一圈天空，甚至觉得这就是世界的大小。以你自己的人生经历，去揣摩好像其他人也应该是过这样的日子。

所以打工者思维，即使换一份工作，也往往还是选择当高级打工仔；领薪水的人，很少会想到有一天要发薪水给别人。

在游戏规则里玩耍的人，很少会想到自己要去制定这个游戏规则。连续创业的人，一般也都回不到打工者的身份。

都是宿命。

2 你的思维，决定了你在什么阶层

富的人继续富着，穷的人也只是在挣脱贫穷。负债的人继续加杠杆，存钱的人继续埋在银行，这个和收入没关系，只是思维方式。所以**阶层的固化，来源于思维的属性。**

那么问题来了，这种几乎固定的思维方式，如何改变。

虽然我的有些旧观念还是桎梏，但其实这两年自己的思维方式，很多方面已经和过去有天壤之别了。

我个人的经验是，思维的颠覆需要巨大的人生转变，也许是被放置到一个完全陌生的环境，也许是收入的突然暴增或锐减，也许是职场的大起大落，也许是四周圈子的迭代。

总之，就是给你带来颠覆性冲击的概念，把你冲出原来的思维框架。

年入十万的时候，你恨不得什么事情都亲力亲为，节流就是开源；年入几百万的时候，你开始想着能用钱解决的事情，就不要花时间。

以前，钱是贵的，时间是贱的；现在，时间是最贵的，钱是最不值钱的。

家庭式小作坊的时候，你自己是老板，同时兼销售、会计，为了节约成本恨不得把自己逼成全才。等规模大了后，明白做领导最重要的事就是招到最优秀的人，没想过自己要多专业，只要找到最专业的人才就可以了。

我现在自己建团队招人面试的时候，也经常会感慨，他们无法理解我们这个平台未来的价值，他们看不到未来更大的画面。他们还停留在一份工作只是为了拿工资养活自己的生存欲望，所以缺乏内在动力，所以激发不出更大潜能。很可惜。

大多数人做的事，总是缺乏想象力。

你把这事想得太小了，你要想得再大一些，想得远一些。

3 保持成长，不要太顾忌其他

我承认自己是个比较偏激的人，在做分享的时候，经常讲一点，就是要尽早赚到人生的第一桶金，完成原始财富积累。然后就会遭到质疑，说我太世俗了、太物质了，接下来说我变了，变得太功利了。

而说这些话的人，往往都是自己还没有赚到第一桶金的；而达到相对财务自由的人，一般都同意我这个观点。

一个人不能在同一个状态下待太久，这样就不会发生裂变，不会有大突破。

就像你是卖时间挣钱，还是用资本挣钱，在两个不同数量级的收入水平的时候，你所有的思考都会不同。

就像用户量是一千、一万，还是十万、一百万、一千万，所思考的战略，都不是同一层面的。

创业的时候，速度是很重要的。因为当速度起来迅速达到一个规模后，很多之前那些小规模阶段难以解决的问题，会因为你的速度，变得不再是大问题，甚至会自己消失。

发展的速度就代表了上升的势能，势能就是信心，就是未来，就是希望。

我还是那个观点——慢，是慢不出一个美好未来的。

Liya 香港的公司这两年先后拿了保险牌、放贷人牌、信托牌、外汇兑换牌、证券牌、企业融资牌、资管牌等，恨不得就是全牌照金融公司了。他们做顶层设计和架构，他们是做平台思维。而去年的我，根本理解不了这些，我还停留在做内容思维……

而今年的我，想法已经完全不一样了。

什么样的人才叫见过世面

　　几个月前，朋友 Alex 约我在香港一家露台餐厅喝茶，这哥们儿是典型的红三代，海归后辗转到香港做金融生意，同时还在香港一所大学教书。根正苗红又天赋异禀，做人不摆架子而且还勤奋，最重要的是，还特别的帅……我跟他在一起常常自叹不如。

　　我发现这么一个现象，身边很多真正有钱的或者家世背景确实不错的人，往往都没有我们想象中那么浮夸，反而特别低调，特别谦虚。

　　但是，同时又让你觉得，和你聊天的这个人，是见过世面的。

　　受十点课堂邀请，我即将去其平台授课。有天晚上我和十点读书的创始人林少，在朝阳 SOHO 城下面的一家小餐厅一起吃饭。大家都知道，创业者，尤其自媒体圈的大号创业者，时间都是极其宝贵的，他们都是时间的功利主义者，现在最缺的就是时间和耐心。而林少和我聊到很晚，没有任何架子，我咨询的问题，他也是非常耐心地分析解答。

　　就在不久前，十点读书的用户订阅量，已经突破了 1500 万。

还有一次更夸张，我见到了我的偶像——万通的董事长冯仑，和他一起录制了一期他的节目《冯仑风马牛》。当节目组联系我，问我有没有时间和冯董录一期节目时，我都不敢相信，问对方："你说的冯董，是万通的冯仑吗？"

对方说是的。

我的天啊，冯仑是我的童年偶像啊！

还在北京东二环的一家咖啡馆写稿的我，特地改签了第二天飞回香港的航班，还在附近的王府井商场专门买了一套新衣服，表示重视。

第二天早上，怀着忐忑的心情，我在北京一座会所里见到了冯董。冯老师见我来了，主动和我打招呼，说："麻烦你啦，陪我录一期节目。"

冯老师特别亲切，整个谈话录制过程很畅通，很开心得聊了近两个小时。其实我心里一直想着好不容易见一次面，得加上偶像的微信呀，但是又不好意思问，人家太大腕儿了呀（大咖这个词已经不够用了）。

眼看节目录制结束了，结果冯仑老师主动说了一句："来，我们加个微信吧。"

Oh，My God！

那一刻，冯董在我心目中的位置，万通六君子稳稳的"头牌"。

如果这两个属于正面例子，我刚好还有一个反面例子。

一哥们儿最近新书卖得不错，有点才华，我们见面聊了聊。这哥们儿说话的方式，我总感觉哪里不太对，但是又说不上来。

他总是试图低调却又刻意地想让别人觉得他很牛。

比如最后分开的时候，他说：今天和 Spenser 聊得很开心，待会儿主要

是北京市 ×× 的领导邀请我吃饭，我得走了，改天再聊。

我心里顿时有成群的羊驼在原野上奔腾——你晚上有饭局就去呗，为啥非得说有领导请你吃饭，你是生怕别人不知道你是一个很牛的人吗？

有一种人，想要全世界都知道他的低调。

我自己也不是什么大牛，但是当遇到对方这样高级吹牛的方式，我就觉得他还是挺没见过世面的。

其实本来印象还挺好的，才华也是看得上，但就凭这几句话，好不容易积攒的形象，全没了。

我有一篇文章《有一种人，一开口，就圈粉》，这里面其实还有一层意思是：只要你一开口，敏锐的人就大概知道你的段位、认知程度、成长环境等。

一个人越是缺乏什么，越是炫耀什么，是真理。

比如，你会经常看到一类人的朋友圈，感谢 ×× 邀请，今天参加了 ×× 高档晚宴，现场来了好多大咖，非常荣幸啦。

表面在感谢别人，实际上在吹捧自己。

比如，你会经常收到一类人的名片，背后写满各种头衔，什么长江商学院 EMBA（高级管理人员工商管理硕士），×× 会理事。好像头衔越多，身份越贵。但是，你会发现真正头衔越高的人，名片越简洁。

如同审美上，真正有格调的照片，都是简洁的，只有越俗的照片，越需要更多的色彩去填充。

凡事不克制，就是不高级。

在我眼里，什么样的人算是见过世面呢？我心里的标准，大概这么三条：

能讲究，能将就。

比如一个人对财富过度饥渴，或对权利过度迷恋，对名气过度在乎，就是没见过世面的。

见到比自己厉害的人就迎上笑脸，见到比自己差劲的人就嗤之以鼻，就是没见过世面。

有些人在有一些小成绩时就膨胀；在稍有不如意的时候就抑郁，就是没见过世面。

虽然不至于泰山崩溃于前而面不改色，但是，内心不要有太多的得失心，很重要。

就是说，我们能享受最好的，但也能接受最坏的。

谦虚。

一个人的谦虚来自包容，就像一个人接触的事情越丰富，就越知道未知的领域多宽阔，自然会低下骄傲的头颅。只有浅薄的人，才会盲目自信。

王尔德说：只有浅薄的人才了解自己。

一切想要证明自己是个大牛的人，最后都在证明自己的愚蠢。

这句话我信。

优秀后，仍然真诚。

优秀不难，真诚也不难。难的是，你在越来越优秀之后，仍然真诚。

低级的人玩技巧和套路，高级的人，最后只剩下真诚。或者说，真诚才是最高级的套路。

有句英文谚语说得特别有道理：Honesty is the best policy（诚实最明智）。

压力最大的人，往往最优雅

这段时间自己的状态并不太好，手头上有好几个项目要做，但是时间有限又是最大的瓶颈，忙不过来。又连续去了好几个城市，作息不规律，好不容易瘦下来一点的身材又变本加厉地反弹了——本身就易胖的体质加上压力肥，真心伤不起。

说实话，最近压力确实蛮大的。

有些人又要说我矫情了——你现在的日子明显比以前好太多，你压力个毛线？

其实压力也遵循马斯洛原理，有些压力是生存层面的，比如要在城市里活下来，希望买得起房可以安居；有些压力属于自我成就层面的，比如追求更高的薪水，更高的头衔，更有影响力，更被别人认可。

说白了，不管是员工还是老板，年轻人还是中年人，每个阶段、每个身份都有特定的压力。

在压力的环境下如何保持优雅，是我们一辈子要修炼的功课。

① 没有压力的生活，没有想象中那么好

几年前徐小平的真格基金还没怎么出名的时候，一次记者问他，为什么要从新东方出来自己做投资人。

徐小平眯着小眼睛，搓着手，憨憨地笑着说，因为新东方上市后，突然发现自己没什么事情做了，只是变成了一个有钱的老头儿而已，这种感觉太恐怖了，所以必须得做点事。

这几年真格基金做得不错，在各大投资论坛、创业节目里都能看到徐老师的身影。转型为投资人之后，他的精神气质更好了，笑容也更灿烂了。

承认吧，人生有两种痛苦最无奈，一是梦想破灭后的绝望，二是梦想实现后的空虚。

当你费尽千辛万苦，终于爬上山头，你可能会短暂喜悦一分钟。但当你站在山头，却不知道下一步要去哪里的时候，你会瞬间觉得无聊起来。

我自己公众号的订阅用户，最近应该就会破 30 万了，我这段时间经常登后台，看着每天增长的数字，离目标越来越近。只有几千人订阅的时候，一直想着什么时候到 1 万订阅，等上了 1 万订阅，就会一直想着什么时候上 10 万订阅。等后台的数字到达 30 万订阅的时候，我可能在心里喜悦一分钟，欣慰地感慨一下——"哦，30 万了。"

然后就想着什么时候破 50 万，甚至 100 万。这就是人性，永远贪婪，无法满足。

相信我，满足只是短暂的愉悦，而压力才是最长情的陪伴。

2 在压力下努力保持优雅，需要自律

对美国感触很深的一点是，发现郊区小镇里的胖子特别多，他们慢悠悠开车花半小时出门，吃顿十几美金的自助餐再开车回来，生活安逸又闲适。这让我一度产生错觉，这是美利坚吗？生活节奏也太慢了吧！但等我到了曼哈顿、波士顿等大城市时，看到城市里的人们脚步飞快、眼神犀利、身材匀称，才又觉得，恩，这才是美国该有的样子。

相信你在网上也看过那些华尔街精英的身材，匀称的八块腹肌让他们看起来性感极了。美剧《纸牌屋》里的 Claire，白天再忙晚上也换上紧身黑色运动衣出门跑步。

因为长期住各个城市不同的酒店，有时我也会早起去酒店健身房锻炼。每次我都会观察早起健身的人，猜想他们来自哪座城市、哪个行业、什么头衔，看到他们在跑步机上汗流浃背，在瑜伽垫上撕拉身体，举着哑铃大口喘气，我会由衷地感到被鼓舞。

健身房里很安静，大家都不怎么说话。但整个屋子都弥漫着一种气息，这种气息，有自律的味道。

Pressure is the new sexy.（压力是新性感。）

3 压力有多大，就能跳多高

身边不少朋友，选择过天天加班、非常焦虑的生活，并不是迫于生活

压力，而是自己的主动选择。

就像我的好朋友 Effie，放着好好香港华润的高管不当，跑去小赢理财创业。她老公是麦肯锡的全球副董事，真不缺钱。我去年还写过那篇文章《为什么我身边的高管朋友都出来创业了》，问她为什么要换职业，她回答说，因为感觉自己没什么进步了，所以看好了一个未来风口，想挑战一下自己。

这一年多看着她各种飞、各种忙，我们在香港的小区只隔着半条街，但基本都见不到面，只能在各个城市擦肩而过。

前两天，和她终于约到一面，聊了很多关于互联网和金融行业的看法，我觉得她越发智慧，举手投足也更加优雅了。这是一种在不确定的环境中，努力拼搏焕发出来的独特精神。

她说："去年夏天我刚从华润辞职，我们一起吃饭那会儿，你还是个刚刚起势的小伙子，现在感觉已经有大 V 的气场了。这一年多你也是够折腾的，真为你感到高兴。"

时光让我们彼此都变成了更好的样子，这是对过去，最好的致敬吧。

有类人，注定是要过有压力的人生，才能满足内心的贪婪。

为什么要选择难走的那条路，因为我们不满足，简单的那条路，看不到太多风景。

4 习惯了有压力的生活，才特别珍惜没有压力的时刻

忙里偷闲，苦中作乐，才是生活真谛。

就像没有痛苦的沉淀，快乐也是肤浅的。

每次去江浙沪出差的时候，我都尽可能抽出时间回趟家看看家人。有时回家只能待一天，今天回家，明天就得离开。

但同时，正因为时间短，才想着把全部的时间都留给家人。

有时候和家乡小伙伴吃饭，他们商量说饭后去看电影吧，又说最近都没什么好电影上映，没什么可看，我说我已经很长时间没走进电影院看电影了。

两个小时，太奢侈了。

高樟资本的创始人范卫锋有一次在朋友圈吐槽一部电影实在太难看，白白浪费了他两个小时，非常生气。我特别理解这种情绪，对投资人来说，闲暇的时间真的太少了。

前两天看到关于《快乐大本营》何老师的一条新闻，是他和另外三个新人男明星各拍了一条自己休息时一天的日程状态。另外三个男明星分别录制了展示收藏品、雪地越野赛车、洗泡泡浴的爱好，唯有何老师简单地录了"珍惜待在床上的一整天"这个主题。是啊，他的时间表太紧了，所以没有压力的连贯时间就特别让人珍惜，珍惜放空的惬意。

所以年底了，又碰上今天的平安夜，和白天刚结束的考研日，想必接下来的一周大家都蠢蠢欲动计划如何跨年了吧。

只讲对错是种病，爱谈是非 loser 命

之前有篇文章《没事别想不开去创业公司》，发布之后成了爆款文，上了微博热搜榜。说实话，我是没想到的。

发文当晚 10 点，和往常一样，点击群发之后，后台陆续收到了一些留言和反馈，我逐条回复了些有的没的，一些拉了精选。也收到了一些打赏的零钱，表示鼓励和赞同。

习惯忙到凌晨，习惯睡前枕边手机 FM 的音频，听着沉沉睡去。

直到第二天早上起来，健身房锻炼完、吃完早餐，和朋友坐着聊事情的时候，点开公众号的后台，看到那篇文章的阅读量已经破 5 万了。颇感意外，和朋友打趣说，这篇文章阅读量好高，搞不好今晚要破 10 万了。

朋友说，应该不用等到今晚吧。

果然，两个小时后，破 10 万了，而当晚的阅读量已超 100 万。

后台开始收到各种公众号授权白名单的请求，评论区的蓝色数目条也在不断刷新，一天增加了上千条留言。一开始我还想逐条回复，后来发现

实在做不到。

这个公众号一直是我职场生活外的一片自留地，基本保持一周更新一篇的节奏，而没有选择每日更新。说实话，作为一个原创自媒体号，日更实在太血腥残忍。

第一，日更太伤身体。本职工作就经常忙到飞起、忙到吐血，若再每日提笔，身体不答应，我还想多活几年。

第二，日更太伤灵气。我身边有全职写公众号的作者朋友，坚持日更，和风口赛跑，不断压榨自己，码字到手抖，大脑在发烧，换来迅速增长的用户订阅，换来头条几万的广告价码，换来一片商业繁荣。我说你们太凶残了，虽然说妓女不是非要有欲望才接客，作者也不是非要有灵感才提笔，我不是全职，我不是村上春树，不能每日清晨训练。今天没灵感，就是没灵感，一周一篇，是我舒服的节奏，是我满意的状态。

100多篇原创文，20余万文字，之前也出过几篇转载量颇高的小爆款，但现实世界里纯商人的我，却并没有把这个公众号太商业化。

没有互推，没有荐号，没有二条，一般不追热点，也不想迎合大众。三观相近的，知道我更新的节奏，彼此心知肚明。在信息泛滥的今天，不必费神每天去点头像右上方的红点表示已阅，不聒噪、不打扰，挺好。也渐渐和一些气味相投的读者成为朋友，虽未谋面，却已神交已久。调性不合的，也自然慢慢离开。谢谢关注，谢谢取关，也算是变相清理粉丝了。

所以在目前市场上几千万个公众号，平均文章打开率不足5%的现实下，我的文章普遍打开率能高出平均几倍，留言丰沛，赞赏一般能过三排，看着特别体面，这是和读者的默契。

小而美的状态，是我喜欢的。

再往前，我写过的一篇文章《你笑别人太 low，他们笑你不懂》，谈到咪蒙人红是非多的处境。结果一周后因为这篇文章，自己打脸了。

在那篇文章火了两天之后，果然攻击的文章开始出现了，各种批斗大会和隔空谩骂轮番上演。几个原创大号撰文，微信之父张小龙也转发并评论了。一帮朋友说你火了，一帮朋友问你没事吧。

我笑着说当然没事，互联网都是一阵风，认真你就输了。一直都是"眼看他起朱楼，眼看他宴宾客，眼看他楼塌了"，看一场大戏，当两天的主角，不要奢求太多。

而且，亲手制造出了一个话题和现象，引起社会广泛讨论，这是人生幸事，我只是想看看他们撕得有没有水平。

对于互联网上这种撕来撕去的文章，我的观点一向是拥抱并鼓励的。我相信，**除了极少数原则底线和普世价值外，世间大多数观点，并没有绝对的真理，有的只是绝对的立场。**

尤其是在职场上，更多情况是——立场决定真理。凡在职场浸淫过的人，肯定都懂我在说什么。

当年希拉里和奥巴马在竞争民主党候选人的时候各种撕，互相指责对方的各种政治错误。结果党内确定奥巴马为候选人的时候，希拉里下一秒就公开声明，希望支持她的拥簇者们投票给奥巴马，说他是好领导——立场决定论。

这就好比在《奇葩说》上，最后哪方观点赢了根本不重要，甚至观点本身就是一个无解的存在。**对错永远随着不同阶段、不同立场发生变化。**重要的是，在双方辩手文字的玩弄和情绪的把控中，大众的思维，变得更多元、更立体、更高级。这才是价值。

我差点沐浴焚香，双手洗净地点开那些反驳的文章，看到有逻辑、有干货的，内心暗赞写得真好。果断打赏了那篇文章，给写文的作者留言，然后我们加了微信，相互探讨观点文字，他说你的鸡汤写得很牛 × 嘛，我说你的观点很毒舌、很犀利嘛，彼此哈哈。最后，约了下次有机会见面聊。

说白了，一篇文章即使写得再好也一定是有局限性的，单靠一篇 2000 多字数的小文，很难把一个道理讲清楚，更不可能讲全面。写文的人，选一个角度写；喷文的人，选一个角度喷。大家各自表态，各自知道自己和对方的立场，各自发表自己的看法。**成熟的作者，只针对观点，不针对人。**

就像熟悉我的人，知道我是反鸡汤的，但我不会简单地论断鸡汤无用，或者看不起鸡汤的作者，甚至我还特别欣赏真正有货的鸡汤写手。

大众为什么喜欢读鸡汤文？因为真正高级的鸡汤写手，都是半个心理学家。他们能用文字摸到人们内心最柔软的部分，戳进灵魂最敏感的痛点，让读者产生共鸣、共情。

但现实的窘境在于，很多所谓反鸡汤的写手，自己写干货水平不够，炖鸡汤能力又不强，这才忸怩作态。

当然除非你是写《精进》的知乎大 V 采铜，人家写纯学院派干货，不掺杂半点鸡汤，也能得到市场认可。

同样，不成熟的读者，只会简单地说你牛 ×、他傻 × 这类简单粗暴体的评语，也就配当脑残粉和小红粉。他们会用情绪投票，而不是用大脑。就像有篇文章的标题说，他们的独立思考，既不独立，也不思考。他们要么美化，要么嘲弄，跟着从众，跟着起哄。他们并不想要思考逻辑，他们只想要释放情绪。

靠他们堆砌出来的用户订阅量，会增加你广告的价码，却不是用来真正交流。所以和菜头天天在清理粉丝，说傻 × 不要关注他。

言论自由的好处，在于唤起更全面的认知，而不是培养更极端的思想。

所以对于有些读者只喷不表的情绪化留言，我只想说，只谈对错是种病，爱谈是非 loser 命，赶紧取关，速速离开。

作为一名公众号作者，相比订阅用户数量，我更关注自己的用户素质高不高。俗话说物以类聚，人以群分，如果关注我的都是脑残粉，一言不合就墙头倒的，那只能说明我自己段位太 low，自己也是个脑残。高质量的用户，甚至都不需要完全赞同我，有你们自己独立的 taste（口味）就好。读者素质高，才是我们真正可以吹牛的。

总之，互联网世界，每个人都有发声的权利，也应该誓死捍卫对方说话的权利。遇到观点不合的，吵架也很正常，吵得漂亮的，是造福社会，造福人类；吵得水平有限又不自知的，也不用在意，就当对方是为了蹭个热点。毕竟是出来混的，都不容易。

管不住嘴的人，是没有资格谈未来的

科比说："我的意志能经受得住消磨，但我的身体告诉我是时候该说再见。"但是看到他最后一场比赛狂砍 60 分，最后一记超难度的三分准绝杀，我热泪盈眶，真想冲到现场——你不是还能打嘛，退什么退！

当年鼎盛时期和科比一起的 Tracy McGrady（特雷西·麦克格雷迪）、Allen Iverson（阿伦·艾弗森）都在好几年前退役淡出了大家的视线。而科比以 37 岁的高龄还在打，还能打出这状态，真是看哭了。前几天在网上看到一篇帖子，说一哥们儿知道科比要退役了，为了去现场致敬偶像，这几个月疯狂锻炼身体，终于晒着一身肌肉去了现场。

看着那哥们儿的线条，内心真是千万头羊驼在奔腾——这才是铁杆粉丝，我就是一个大写的 loser。

当有段时间没见的朋友惊讶地问我，"你怎么有双下巴了""你的肚子是怀孕三个月了吗""你的胸都比我还大了"——内心是一万点伤害啊。

记得当年余世伟对着台下散发着青春激素的大学生，说了句很污的话："我真的好羡慕你们这个年纪，有大把的时间和健康的身体。不像我这样，满脑子的经验和能力，但是身体不行，时间不够。一大把年纪了，连女人也玩不动了。"

"心有余而力不足"，真的，这绝对是人生最大的悲剧。

下周末就要在深圳和读者朋友们见面分享了，好歹人家也是付了钱的，难道就是来看你圆滚滚的肚腩和安西教练（看过《灌篮高手》的同学一定懂得，唉，暴露年龄了）那软软的双下巴吗。口口声声说最看重的是用户体验，见到你长成这个体态，人家一定大呼上当，分分钟要当场退票的节奏啊。

我开始深刻地反思，为什么每天在嚷嚷要减肥做型男，为什么不仅没瘦反而更胖了。

结论是——减肥增肌最重要的两点：管住嘴，迈开腿。对吧，而前者明显比后者要难很多。因为迈开腿需要的是行动力，而管住嘴考验的是克制力。

我自认为事业上还算是行动力不错的人，但在身体上太放松了。在香港基本能做到每天去楼下的健身房扑腾几下，虽然动作不够标准，强度也不够。但要管住嘴，简直逆天了。我口味重，好川湘菜，水煮鱼、剁椒鱼头、火锅、小龙虾是最爱（不明白东南沿海长大的我是怎么养成这口味的），对香港的粤菜几乎无感。出差的话我更变本加厉，北京的脆皮烤鸭，上海小笼多汁灌汤包，和合作伙伴或客户们一边享美食，一边谈商务合作，一吃就是一个多小时。虽然有几次还特地和自己说"要控制哦，不要吃太多哦"，但是看着一桌美食，一直咽口水，压抑的感觉太难受了。再加上身边人吃得甚欢，这一刻你都感觉自己被"孤立"了，分分钟缴械投降啊。

快乐是短暂的，对自己失望却是长久的。身上的每一寸赘肉，都是向生活妥协的标志。我这何止是向生活妥协，都快五体投地了好吗。

行动力是去做你想做的事，而克制力是不让做你想做的事。哪个更考验人性，想必大家都清楚。想起《后会无期》里的台词——喜欢就会放肆，但爱就是克制。

话又说回来，迈开腿也好，管住嘴也罢，真正的减肥，是和时间的较劲。减肥不是摧枯拉朽的狂风暴雨，少吃几顿饭就立竿见影，这样只会带来报复性反弹；而是检验优质生活习惯的产物，保持规律锻炼，维持适度饥饿，断贪、禁懒。减肥简直是时间的艺术、生活的禅学、人生的信仰。

我们大多数人都是普通人，都会败给时间。所以减肥永远是一个最励志、最无奈的笑话。

其实我还有一个不愿承认的现实是——年纪大了，基础代谢下降了，燃烧同样的脂肪，现在要 double effort（双倍努力）了。

以前说过，现在每一天都舍不得浪费，因为时间严重不够用。其实，在时间的赛道上，还要对付另外一个"对手"，就是自己身体的不断衰败。

以前觉得自己胖了，健身房 HIIT（高强度间隔训练）或者坚持跑步一段时间就立马能瘦下来，哪用什么节食；现在要减肥，健身房吭哧吭哧，以前做 8 个深蹲，现在得做 16 个才有同样效果。身体基础代谢变慢了，同样的运动，半价的疗效。

终于不情愿地承认，身体管理，某些程度已经比时间管理更迫切了。年轻没有几年，哪怕你老了还能保持着年轻人的好奇和旺盛的精神世界。但是，和年轻人一样熬夜试试？上大学的时候，熬几个通宵那都不叫事，补一觉就回来了。现在熬夜后就跟倒时差一样，得恍惚好几天。

还记得马化腾的那句话吗——"你什么都没有错，只是太老了"。

真的，如果还觉着年轻，赶紧动起来吧，趁着身体没有衰败之前，把该办的事都赶紧去办了吧。还有哪些遗憾想要弥补，哪些新奇的 idea（想法）想去尝试，哪些可笑的梦想想要去 follow（跟进）——before it's too late, before you are becoming too old（在太迟之前，在你变得太老之前）。

真的，对于六块腹肌和马甲线，我压根都没有奢望过。我的需求挺简单的，穿衬衫的时候，肚子上的那颗扣子，能有足够呼吸的空间，安安静静地做个美扣子，而不需要一直被隆起的肚腩壁咚着，喘不过气。

我不奢望像张震一样瘦得刀削的侧脸，只要不是现在这刀削面团一样的侧脸：正脸大，侧脸宽，抬头没脖子，低头双下巴——简直 360 度无死角啊。

马东为了上镜都割了眼袋，刀锋下的美丽了。我再这么堕落下去，最后只能去抽脂了。

太——残——忍——了。

《纸牌屋》第四季最后一集，Underwood 面对着镜头，眼神镇定冷酷，用演话剧的口吻说：We don't submit to terror. We make the terror。（我们不屈服于恐惧。我们制造恐惧。）

Yes, I don't submit to fat.（是的，我不屈服于肥胖。）

你逃离不了的北上广

即使有一天，我们离开了北上广，这些年在城市里浸淫出来的气质，永远都留在身体的血液里，和灵魂的阴影里，挥散不去。

自己公众号后台的留言中，除了读者留言和文章授权外，也有谈商务合作，并希望有机会能见个面好好聊聊。我说你们在哪里，多半的回复是——北京。

而现在确实承认，虽然平时多半身在香港和深圳，和北方这座三个半小时飞机的城市，产生的交集越来越多了。

这半年里，已经是第四次来北京。每一次来，所见的人，所谈的业务，都更加丰富。朝阳的国贸，西城的金融街，北四环的中关村，东北区的望京SOHO，还有德胜国际中心的出版社，北京的一切，似乎越来越熟悉。钱包里一直备着北京的地铁卡，知道早晚高峰的时候用得上。

在西城金融街的星巴克，工作日的下午，外面炎热，里面拥挤，朋友从附近整栋央企的玻璃写字楼里出来，赴和我喝杯咖啡的约。

"你要不考虑下来北京发展吧，看你最近一两个月就要飞来一趟，北京挺好的。"

讲真的，我一直对北京的硬件设置有不少看法。比如首都机场根本不像一座一线城市该有的样子；比如在这里晴天是宝，路上的汽车引擎盖永远都洗不干净的样子；比如这里的交通定时瘫痪，而食品安全好像一直都是个笑话。

但必须承认，北京有最密集的资本，最厉害、最多元的人才，有最高的特权，也有最慷慨的空间。

这里每周都可以在写字楼里听到最新的资讯：创业的经验，运营的方法论，大咖与大众的对话。这里生产着供全国人民消费的视频，炒作着大众需要的明星话题。

我的同事从香港念完书后，先在上海工作，又来到北京，一路空气越来越差，精神越来越好。

渐渐明白，**一座城市能否吸引真正优秀的人，只有一个条件——前途。**

而"前途"可以让他们忍受好些天只能戴口罩出门，忍受食品和水的不安全，忍受地上交通的瘫痪和地下交通拥挤得没有尊严，还有赚钱速度赶不上的房价涨幅。

而"前途"就是北上广这些一线城市最大的"春药"，仿佛拥有宗教般的号召力，告诉真精英和自认为是潜在精英的白领们，这里能成就伟业，这里能打破阶级，这里能让你的人生从此不同。你们只要做梦想的传道士和理想的雇佣兵，准备好励志的心态面对这哪怕令人绝望的环境吧。

你知道，稀奇古怪的想法能在这里得到回应；天马行空的个性能在这里找到同类；无论多大的梦想和情怀，都能在这里找到变现的可能。

只有一线城市才能慷慨地奖励那些最疯狂的头脑和想法。

前些天看过一篇网络热文，说二十几岁在哪里对你有多重要。大致意思是，有一天你离开后，这座城市的气质，会一直在你身上，陪伴着你，影响着你的气质和想法，甚至你自己都没发现。

而遗憾的是，并不是每一座城市都有这样的魅惑和影响力。换过几座城后，大多数城市会在记忆里慢慢模糊褪色，渐渐闻不到它留在身上的气息，慢慢想不起当年一起同居的岁月。

但北上广这些一线城市，因为它们太丰富、太矛盾了，一面高冷，一面雅痞，如同《西西里的美丽传说》的莫妮卡，无法靠近，但你知道你每天夜里都在她怀里，听着她的呼吸入眠。在这里看过的展和话剧，听过的分享会，聊过的牛人，遇到的奇葩，都混合成这座城市的独特气味，冲进你身体的每一个毛孔里，突变大脑的细胞基因。渐渐地，身体和灵魂，拥有了这座城市的气质，就像纽约的"纽约客"。

城市和城市是不一样的，如同姑娘和姑娘也是不一样的，刻骨铭心的，终究只有内心的那一位。

如能有幸征服，能吹一辈子的牛；如果黯然离场，也能说我当年有勇气追过。也不失一段好故事和一段内心永远的骚动，在夜晚仿佛还能闻到当年身边飘过的城市香味。

这里酒吧的驻唱，歌声仿佛更加深邃些；晚上城市的灯光，繁华得更加沉重些；夜里走在马路上，气质仿佛都更加孤独。

上海一朋友经常引用的一句话是"TISH（This is Shanghai，这就是上海）"，带些对生活的戏谑，和眉宇间的不屑。你们没待过，你们不懂。

哪怕有一天，你身体离开了北上广。

从北京飞杭州的那天，晚上在西湖畔，我约了公众号"社长从来不假装"的创始人江明。

他个人经历也是略带传奇，北京八年，算是玩公众号的第一批人，创立了公众号"路边社"，评论犀利，文字血腥，颇有大号风范。后来因为一些原因，他离开北京，回到杭州，另起公众号"社长从来不假装"。和菜头不惜笔墨，特意书文一篇《习惯再见，写给路边社》，表心中念想。

离开北京微软后，加入杭州阿里巴巴，如今自己创业。

我们沿着半个湖岸来回走着，我问他为什么离开北京。

"个人选择而已，杭州也有不错的资源，自己也算半个杭州人。"

然而他和我说着在北京的那些年，我能感觉他语气里的怀念，表情里的复杂，难以言说。

好妹妹乐队的歌——"握着的手，已是昨天。""好在当时年轻的我，爱过年轻的你。"

北京地铁的票价涨了，北京已经太大，需要把一些人"赶"出城，这挺残酷的。但是，是必要的。那些为坚持而坚持的人，北京真不是最好的归宿。

但是，哪怕你明明知道大城市是属于精英、土豪和民工的，并不适合所有人。

你就是要赖在这里，如同汪峰的歌："我在这里欢笑，我在这里哭泣。我在这里活着，也在这死去……"

哪怕明明知道这城市不属于你，那也是你的城市，和你只有一回的青春。

即使有一天，我们离开了北上广，这些年在城市里浸淫出来的气质，永远都留在身体的血液里，和灵魂的阴影里，挥散不去。

这个世界是属于俗人的

不要小看身边那些看起来很世俗的人，他们留给世界的世俗，都藏着内心的孤独。

大家都很喜欢《奇葩说》的马东，也就是现在米未传媒的大 boss，因为他在台上"污力无敌"，左手套路，右手黄段，还发明了打"花式广告"，动不动就膜拜金主，或者"金主要加钱啦"……但是大家看着很喜欢，俗得那么有趣、有态度。其实马东透露过，这样才能让观众觉得自己和他们是站在同一边的，不会感到违和。

人家不是反对你打广告，人家厌恶的，是你收了钱打广告还不真诚。

但当马老师在总结辩题的时候，或者参与辩论时候那严肃的表情，动人的神态，那一秒大家如同看到了男人的另一面。之前有多不正经，现在就有多深沉。

还有最近大红的薛之谦，通过参加徕卡"我型我秀"出道后，对他的记忆就是一首《认真的雪》，这些年算是淡出大众视野。听说他去开女装店、火锅店，直到去年开始成为段子手跨界成名，《丑八卦》《演员》等新歌成为 KTV 金曲，马路小巷的街歌，传唱度堪比凤凰传奇，受众还高几个级。

他也是走俗的套路，参加个节目，动不动就是"关键节目组钱给到位了""我就是为了红来参加这个节目，多给几个镜头呗"。

其实也是大实话，艺人也是人。以前的人，要有格调、有姿态、有遮羞布，现在赤裸裸地说出来，不仅显得真实，还多了几分戏谑和自嘲的味道，多些幽默。

而薛之谦唱起歌来的时候，那种深沉和撕心裂肺，让人有精神分裂的错觉。

这是大众喜欢的套路。

我宁愿你坏得真实，也不想你好得虚伪。

"做事情不要嫌事情俗。"

这是我的领导、小赢理财的 Effie 和我讲的，我觉得特别有道理。

Effie 有个大牛朋友，做育儿类产品的公众号内容创业。一年前开始初具规模的时候，在做战略性讨论，未来到底是走广告变现还是电商变现。最后选择了电商，他们的理由是电商虽然看着比广告要 low 一些，但是可以做大规模，做好护城河。如今一年过去了，他们每个月的销量流水，可以和罗辑思维媲美，财务上非常好看。

最可怜的是端着姿态想脱俗，却没有脱俗的能力和资本。

这一点我们国民励志女神咪蒙老师做得特别好，很多人说咪蒙写得太浅薄了，话题有些低俗。拜托，人家在南方系（指南方报业集团）待了多少年了，你还能比她更了解市场？写作圈里的人都知道，其实迷蒙是自降标准，她的文笔其实可以好更多。但是她深刻明白就是这种通俗易懂的情绪体文风更受欢迎，更容易转发，更符合互联网的碎片化阅读习惯。我猜咪蒙老师现在心里特别明白，就是要挣钱，然后她现在确实挣了好多钱。未来可以拿着这些钱继续做好多想做的事。你笑别人太low，人家笑你不懂。

还有高晓松，一张大饼脸和"矮大紧"的身形，确实够突出，天天霸屏各大视频综艺节目，能比高晓松露脸更多的，我一时竟想不到第二人。关键人家已经和自己的独特外貌标签握手言和了，一言不合就发自拍，微博自嘲哭诉小龙虾被空姐拿走了……明明是大师，却没有大师的包袱和架子，没有被名气和舆论裹挟。

俗得一塌糊涂，就开始产生另外一个词，叫自由。现在的作家，需要有姿态的、离地半尺的，就说明他还需要去证明，或者有东西想掩盖。

我真这么认为——经常自嗨、自恋、自嘲、自黑的人，会更加忠于自己，获得更多快乐。

比如大家说冯唐是一个特别自恋的人，看过对冯唐自恋黑得最狠的段子是这么写的："我还是很喜欢冯唐的，我要是像他那样，我也自恋。我也和自己结婚，我也日自己的灵魂，我也宵宵欢乐多，就碾轧你们。""我只能对着镜子自摸才能到高潮，这个习惯是如此顽固以至于我只能娶我的右手为妻。壁咚的变种有很多，冯式壁咚只能是面对镜子，和镜子里我的影像悄声说，你真棒。"

我的天，这黑得实在太有水平了。

然后冯唐就发文晒这些黑自己的人，说，没办法，做到了只能相信自己，除了自恋，还能怎么办？然后文末加一句，我自恋，关你屁事，哈哈。

真的，经常自嘲和自黑的人，是真正自信的人，而且也是真正有趣的人。

做个自信的人，做个有趣的人，做个俗人，挺好。

一个人一开始姿态高了，就很难下来；相反，一个低到尘埃里的人，会开出最漂亮的花朵。

我承认小资是一种人生态度，文艺是一种生活方式。但有些人觉得自己的生活方式，比别人更高级、更有趣、更有范儿，那就不对了，甚至显得有些浅薄了。

前几天参加一个论坛，演讲的女嘉宾是斯坦福大学毕业的，集各种光鲜头衔于一身。但是听她分享的时候，我总感觉哪里不舒服。她眼神里隐藏的优越感，声音里被压抑的高几度，让我好想去……上个洗手间。

你是真的真诚，还是在表现真诚，其实是骗不了人的。

当一个人比别人厉害一些的时候，他就会表现出来这种优越，不管是自己意愿还是环境所需；当一个人比别人厉害很多的时候，表现优越是件特别无聊的事，而且还会无意中伤害到别人。所以职业经理人穿定制皮鞋，马云穿布鞋；高管戴名表，李嘉诚戴电子表。

身边真正的牛人，即使买个奢侈品，也是最好看不到 logo（标识）的那款。这种心态，特别正。

另外，有没有发现，消费升级后，身边出现了很多对生活能讲究却不能将就的人。本身自己收入没达到这个级别的，出门吃饭非得吃那些很 fancy（昂贵）的餐厅的，怎么能将就街边小凳的路边摊呢。出门住酒店非得住 Ritz-Carlton（丽思卡尔顿）或 SPG 系的，什么？住和颐或全季，那不行的，太 low 了，都没有休息室、游泳池和健身房。

其实能讲究是好事，对美物的追求也是善待自己。但是，不顾一切的讲究，不仅显得浅薄，还有些愚蠢了。

我最近比较心仪的一句话是——**你所谓的迷茫，只是赚钱太少。**

经常有朋友和我说现在特别迷茫，不知道自己的未来要怎么走。其实很多人的迷茫，还抬不到因为梦想或人生意义、世界和平这个层面上，更多的就是因为赚钱太少了，快速增长的物质需求和鼓不起来的钱包之间冲突不断。我见过的那些真正的创业者，往往都是达到了财务自由后才来创业，希望能改变这个世界，或者实现人生更高维度的价值，他们成功的概率更高，格局也更大。

真的，反倒是有钱人，恰恰是没那么功利的那些人。

你碰到一些女孩子，问她们说你的人生梦想是什么呀，但凡回答是世界旅行或者在某个文艺的地方开个咖啡馆之类的，一般都是涉世未深的小姑娘，特别文艺。而熟女一般的回答都是，养活自己，五环内买套房，经济独立，财务自由，嫁个好老公，或者有了这些后，再谈谈梦想。这就是梦想呀，特别世俗，也世俗得可爱。

要么你就文艺到底，要么你就好好赚钱。

世界是属于俗人的，因为他们更接地气，更懂人性，他们走得更远，因为——**每个对人生嬉皮笑脸的人，内心都深沉得像大海。**

成长鸡汤，买给自己的春药

因为自己开了一个不大不小的公众号，又出了一本不知道能不能畅销的书，所以就莫名其妙地以一个所谓"职场作家"的野路子身份，混进了现在门槛越来越低的作家圈和作者群。

认识了一小撮真正厉害的作者，上能文艺，下懂商业；能看到时代未来，能深刻理解人性。对他们，我表示大写的服气。但同时验证了那句话——任何行业，都是经不起细看的，无论外表多么高大上。这个圈子，也一样，优质的，永远只有那 20%，永恒的二八法则。

大概总结就是：一群没经历世事的人写心灵鸡汤，一帮没混过职场的人谈成长方法。

比如写心灵鸡汤的，一般文字功底不错，治愈系，却较少有现实的残酷体验。因为做不到具体事物具体分析，也写不了深刻的主题，经常会有一种站着说话不腰疼的感觉。文章的套路大多是"人生就是……""女人怎样过得好？""最好的婚姻，就是……""王宝强离婚这件事，要选择低调些……"我的天,这涉及重要商业利益的战略表达好吗,你们家要出了这档子事,你低调一个看看。

大多数写心灵鸡汤的作者,面对生活和情感的问题时,并不能处理得比你更好。

然而今天要吐槽的对象并不是心灵鸡汤,心灵鸡汤这两年开始没那么流行了,因为一帮有知识、有文化、有腔调的读者在崛起。所以现在市面上卖得好的所谓的畅销书,或公众号里转得火的文章,开始流行另一种文体,讲如何进行时间管理、身体管理,讲如何对付压力和拖延症,消除负面情绪,讲如何从 low 变牛,你和女神之间差这 N 种方法、N＋1 种思维,等等。总之一句话——如何成为厉害的自己。

这种文体,我统称为"成长鸡汤"。

在鄙视链条里,写方法论的鄙视写鸡汤文的。他们定位自己为"干货",貌似更深刻、更犀利。所以看知乎的比逛豆瓣的,有说不清、道不明的自我优越感。你们是治愈,而我在成长,哼!

而事实,真是这样吗?

并不是。

比如有一种成长类文章的标题特别受欢迎,标题一般是《如何缔造非凡人生》《做到月薪 10 万,难吗?》《你的勤奋,品质太低》等等。然后我和他们有一些人聊天,聊职场,发现他们的职场认知其实挺浅的,甚至有些要真去混职场,那是分分钟被下套、被忽悠的主儿。如果进黑社会,属于热泪盈眶替老大蹲监狱,最后还被老大弄死在里面的类型。

你看过 100 篇类似"如何月入 10 万"主题的所谓方法文，也只不过换来短暂意淫的高潮。而写类似主题的作者，99% 自己的收入都没达到这个数的一半。他们需要你们的点击率来撑起他的溢价，另外的五万收入，嗯，就靠你们来贡献啦。

所以，明白了吗，写成长鸡汤的，虽然目的是帮助小人物成长、获得财富和美好人生，但最终真正获取财富、成为人生赢家的往往不是读者们，而是提供这些鸡汤的人。因为这个社会是浮躁的，希望成长、致富、逆袭，是每个小人物的刚需，只不过，让鸡汤文作者撩到了敏感神经。

需要的和收获的，并不是同一群人。

就像为小人物呐喊的汪峰，"怒放的生命"和"飞得更高"唱得我们热泪盈眶。多少人生命怒放了我们不知道，但汪峰是搂着子怡、驾着豪车，确实飞得更高了。

还有为小人物代言的大鹏，观众们推出的 10 亿票房，把他推上了另一个阶级。那里没有社会底层，而是《奇葩说》的男神位置。

没有任何黑的意思，这就是市场的逻辑，就与互联网"得'屌丝'者得天下"的黄金法则同一个道理。

从这方面讲，成长类鸡汤和心灵鸡汤，本质是一样的。

发表深度洞见不是重要的，撩起大众情绪才是重要的；讲得对错不是重要的，帮助大众宣泄才是重要的；再找个泛娱乐的时代，你爽你开心，才是核心诉求。

再说现在越来越火的内容付费市场。首先我自己是拥护者，内容即是劳动，劳动是光荣的，好的内容确实值得付费换来交易，这才是健康的市场规律，才不会被只吸睛的烂文"劣币驱逐良币"。

但是，随着付费内容更丰富、更多元，如果我们有限的时间精力和注意力过多地放在这些里面，而减少了真正学习一些技能的时间。其实消耗的那些钱，呵呵，都是小钱。最重要的是时间消耗，那才是最大的"隐性成本"。

在这个时代，我们真正要警惕的，不是骗你钱的主，而是不知不觉掏空你时间的所谓"美好事物"。

朋友说的那句箴言——"**每天逛知乎半小时，再看群聊半小时，上公众号半小时，就会成功地离梦想更远一点。**"

真是太真理了。

另外，**厉害的人，不会以高姿态去说教**。有一期节目，一哥们儿为了融到投资人的钱，张口闭口说自己是金牌销售，不给我钱，以后一定后悔。然后几位大咖评委的表情就各种微妙了，我猜潜台词是：你个傻 ×。

因为当时我心里就是这句台词。

最后果然没融到钱，悻悻离开，女评委说了句："哪儿有金牌销售一直说自己是金牌销售的。"

一个人越缺乏什么，就越去捍卫什么。

以自己过去的经历来教导别人如何走未来的道路，终究是很蠢的表现。

所以零度写作，是我一直向往，却一直达不到的境界。

所以我们听过很多道理，看过很多方法论，依然过不好一生。

有句台词——"小孩讲对错，大人谈利益"。职场上人与人的交往，说白了，就是遵循市场的资源互换。

你想上牌桌，和大佬们一起玩，先要掂量下自己的江湖地位。

而江湖地位，不是人家特意喂给你的内幕八卦，不是你第一时间打开的二手趋势洞见。而是你锻炼了一个核心技能，创造了一个独特价值。这些技能和价值，是别人需要，让他们想来和你主动连接，甚至愿意拿黄金白银买你的时间。

所以，**多花些时间锤炼自己才是正道，不要让所谓的半吊子成长鸡汤，榨干你的时间和世界。**

最后，我想说，其实，我自己也是这类半吊子。你要相信，我所讲的，都是错的。

混乱才是人生常态

佛家有云，一切都是因果，一切都是无常。

对我来说，一切是不是都是因果，我不知道，一切都是无常，我信。

混沌商学院的李善友校长当初取名"混沌"这两个字的时候，是不是在某个夜晚凝视着星空，或者站在北京某 CBD（中央商务区）的高楼，表情凝重地看着这座城市，脑子里想着想不明白的未来，内心肿胀，可能冒出一句话——是我老了吗，怎么都看不明白了。

混沌二字，由此而生。

当然，这是我猜想的，也没有问过李善友老师求证。但是，你不得不承认，我们对这个世界、对商业、对社交的认知，都在被颠覆、被破碎，我们过去的经验，无力承载世界的现状。

不是我不懂得爱，是世界变化太快。

不管我们愿不愿意，我们都要面对这个至少在我们内心是失控的世界。

因为新生事物以我们无法想象和无法理解的速度向我们扑面而来，打得我们猝不及防。

品牌商的市场部迷茫了，拿着钱准备投放广告，突然发现传统媒体的效果不好了，但是新媒体投放又看不懂套路了，有钱没处花了，蒙了。

传统企业主们也迷茫了，现在的消费者突然不爱他们生产的价格便宜的东西了，消费者说，我们只要物美，价格我们不在乎了。哦，原来突然间，有个词叫作消费升级了。

很多想要理财的人也迷茫了，听说现在银行理财已经落伍了，听说互联网理财收益特别高，而且操作特别方便。但是安不安全呢，看不懂呀，出了事怎么办，投还是不投呢？

很多打工仔也迷茫了，原来稳定的铁饭碗怎么一夜之间就不稳定了，甚至被鄙视了。那些在外面打拼的当年不如自己的小伙伴，怎么就突然发迹了？

是的，这就是我们所面临的失控的世界，来得太快了，让我们来不及消化，所以内心一直迷茫着。

除了新生事物来得太快，混乱的另一个原因是，变化太快，周期太短。

比如前两年共享专车刚改变我们的出行方式，使我们终于养成了坐专车的习惯了，现在共享单车又来了。

比如前两年一直看不懂新媒体是什么情况，今年终于看明白了，结果人家说红利期已经过去了，没机会了。

我们要么老了，要么慢了，反正就是这个世界，和自己好像都有关系，好像又没什么关系。

问题是，未来已经到来，我们不能做一只鸵鸟，躲在原来的世界里，我们只有拥抱这个充满魅力但又混沌的新世界。

所以，准备撅起好我们的屁股，用正确的姿势，迎接这个混沌的新世界。

正确姿势之一：别想太多，先进去再说。

这句话不能更对了。

亚马逊的贝佐斯说过一句很有争议的话，他说——什么是混乱，混乱就是稍纵即逝的好机会。为了抓住这个机会，哪怕后面有再多麻烦都是值得的。

极端点说，一个人其实应该在自己没准备好，甚至可以说是根本就没准备的情况下，见到机会马上就行动。

看到机会不顾一切先进去再说，以不符合成本的低价抢占市场，然后再面对根本吃不下来的流量、资金流断裂的危险和各种技术问题。

听上去很激进对不对，其实是有道理的。

前两天在上海和中国目前最大的移动视频网站的总裁聊天，他们正在和另一个短视频的巨头相互激烈竞争，另一家融资 5000 万后拿出 2000 万用来买粉丝。当时他不理解为什么要这么做，甚至感到不屑。但是现在觉得，对方是对的。

"当年的流量多便宜呀，现在的流量多贵呀。"

所以，只要目标清晰，就要激进一些。**因为时间是最大的对手。**

再举一个身边的例子。

好朋友 Fay（嗯，几年过去，我终于能够以这样的口吻介绍她了）在深圳录我自己的第一期职场视频节目，她的职场历程是从百度到哈佛商学院，再到如今今日资本的副总裁。我问了她一个问题——对于职场人，最重要的素质是什么？

她分享了一句话——"Sit at the table"，中文翻译过来就是：坐到桌子上来。她解释说，对年轻人来说，遇到项目缩在后面，是永远不能成长的；一定要积极主动，坐到桌子上来，承担责任和风险，不放过任何一次机会，哪怕自己不够资格。

是**主动**和**勇敢**才让她在职场有了现在的样子。

"当年在百度有百度地图的大项目，我主动要求参与。一开始没有经验，经常被主管批评，但是我一直不停地问，不停地学习。直到最后项目结束的那一天，项目主管对我终于从批评变成了夸奖。"

她后来去今日资本实习的时候，也从来不把自己当实习生，而是用正式职员甚至是高层的自我管理标准要求自己。哪怕实习结束后回到哈佛继续念书，也一直关注着今日资本的动态，并主动提供有用的信息，最后才进了今日资本，才有了今日的资本。

而今日资本给她 offer 的时候，也绝不是做最基础的分析员了——直接给了 VP（Vice President，副总裁、副总监）的头衔。

其实在相谈的过程中，我有好几处都挺感动的。每一个如今光鲜的牛人，都是在菜鸟阶段付出了比别人多 N 倍的努力，暗地里吃了许多不为人知的苦。只不过，这些故事不讲出来，别人看不到。

很多人，是自己亲手关上了职场上升通道的门。

机会这个东西，不是平行分布的，不是说错过这个机会，还有下个机会可以捡。机会是属于层层嵌套式的，你只有抓住现在这个机会，下个机会才会为你打开大门；这个机会没抓住，下个更好的机会也不会属于你。

所以，当你抓住一个机会，是要拼命的。很多时候，你错过的代价，实在太大了。

混乱就是常态，我们要做的，就是拥抱混乱，在动荡的环境里，努力保持动态的平衡。

每种生活，都有代价

身边的朋友圈中，有一类人，他们常年飞不同的城市，频繁穿梭在北上广深。他们中，有投资人，有创业者，或供职于大公司。

看他们朋友圈状态，昨天还在深圳，今天就吐槽北京的雾霾大；前两天还在上海茂悦顶层泡着脚，晒外滩和陆家嘴全景，今天就"Hello Hong Kong"了。

SPG 的酒店早就住到了金卡，他们会流利地和你分析北京哪家酒店的早点更细腻，上海哪个餐厅的咖喱更正宗，哪家航空公司的服务更出色。

讲真的，以前的我，挺羡慕这种生活方式的，一天在不同的城市吃三餐，在不同的酒店看夜景。

如今自己的生活节奏也差不多是这种状态，虽然自己大本营在香港，但一个月真正在香港的时间不会超过半个月。其他的日子，经常几天在北京、几天在上海，或者杭州、深圳。

这时我才深切体会，其实这种生活节奏，有时候也挺可怜的。

首先，这种生活把我从一个喜欢坐飞机的文艺男生，硬生生变成了飞行恐惧患者。

路上堵一会儿车，提前一个多小时到了机场，飞机一般还不正点飞；航班晚点是常态，有时候准点了，竟有一种中了彩票的惊喜感；空中几个小时的噪音，如果不坐头等舱，感觉像在一个狭小的空间被关禁闭；住好的酒店吧，如果自己花钱就有些肉疼，公司报销呢，一般都到不了理想的住宿级别，唉，现在投行和咨询的差旅标准都降了。有些人还认床、认空间，身体明明很累，但睡不同的枕头和床，就经常睡不好。

而且最要命的是，频繁的出差导致生活作息的不规律，带来很多负面影响。比如像我这种易胖体质，只要饮食不规律、作息不规律就要发胖。所以结果是好不容易在香港减肥锻炼瘦了几斤，出个差回到公司，秘书说，你是不是又胖了——心碎一地。

经常在不同城市飞的人，会滋生蔓延出一种情绪——无归属的孤独感。就像《阿飞正传》里矫情的剧本——"我听人家说，世界上有一种鸟是没有脚的，它只可以一直的飞呀飞呀，飞得累了便在风中睡觉。"

有些人说，你们站着说话不腰疼，你看你们多幸福呀，可以去不同城市边工作边旅游。

就像很多人说空姐可以全世界飞，边工作边玩，最幸福了——唉，这明显就是外围人的过度美化。前段时间我给香港航空十周年写了序，认识了一些空乘朋友，我说你们这职业很幸福啊，各处旅行。她们说可拉倒吧，第一你到了那座城市后工作很紧；第二如果你去多了一个地方，再好的风景，也觉得就那么回事了。

其实我理解这种感觉——**熟悉的地方没有景色**。香港维多利亚的景再美，看多了，也就无感了。

工作就是工作，就算去另一个城市出差，也只是换个办公场景而已。我们早就不热爱探索熟悉的本身了。

我一朋友在腾讯市场部，上周刚好都在上海，就见面吃了个饭，顺便谈事情。她拎着旅行箱，说下午的飞机赶回深圳，在深圳没两天，昨天早上五点钟就爬起来，赶早班机飞往北京。

虽然每次见到她，都是妆容精致、衣着得体，轻描淡写地谈笑自己奔波的生活。

"在这座城市里，其实有蛮多朋友的，但是飞机一落地就有忙不完的事，外面开会，酒店打电话。运气好的时候，能和朋友一起吃个晚餐，但是有时候，来不及见上一面，就又飞去另外一个地方。"

每次见到亲人朋友感觉特别温暖，不过马上要切换模式，自己离开、独行，落差感蛮大的。为了自由，要放弃日常的陪伴，这是代价。

看到的都是光鲜，看不到的都是苟且。

就像电影《七月与安生》，每个人心中都有这种状态，既是七月，又是安生。既想要生活的稳定和确定，又渴望外面的新鲜与自由。

每种生活方式都很好，只是都有代价。

但是话又说回来，虽然大城市有大城市的忙碌，但是让你选择回到三四线小城，去过"现世安慰，岁月静好"的生活，三餐规律，好像又回不去，也不愿意。

人就是这么作，就是这么贱。

城市最大的魅力在于，一是提供给每个人未来更大的可能性，二是城市高密度的丰富性，让每个深处其中的人能得到更多元的体验，好像自己的生命被延长。

对于希望追求新鲜和丰富生命体验的人，这种城市生活状态挺好的。因为经常去那些城市，慢慢熟悉了北京中关村的创业大街、国贸的酒店，上海的陆家嘴、外滩，有腔调的淮海路和新天地，深圳的欢乐海岸、创业湾广场，香港的尖沙咀和中环，广州的小蛮腰，成都的太古里，重庆的解放碑……

每个城市都很精彩，每个城市都有故事。

"早晨醒来的时候是恍惚的，怎么突然就在另外一个地方了。离开酒店，走在城市的大街上，有几个瞬间，会觉得不太真实。"

而且，一座城市吸引你的，肯定不是城市本身，而是城市的人。

做公众号的好处之一，就是可以在这个平台结识很多不同地方有意思的人，那些甚至根本不会有交集的可能的灵魂。

有一个读者在我公众号的后台发来一张我的新书照片，留言说苏州诚品店有卖我的书，希望有机会来苏州开读者交流会，愿意帮我张罗。作为伪文青的我，早就知道苏州开了大陆第一家诚品书店，而且听说场地规模和设计都很赞。于是那天结束上海的签售交流活动后，第二天就跑去了苏州。在诚品店看到自己写的书摆在自己喜欢的书店里，内心还是挺虚荣的。

更有意思的是，当时准备麻烦旁边的陌生女孩儿给我们拍张照，当那姑娘得知我就是这本书的作者后，很惊喜，还叫上了身后扛着单反的摄影师，我们就一边聊一边拍了好多照片。

虽然在苏州只停留了几个小时，但之后回忆这座城市，就会不再是一个地名而已。

挺幸运的。

城市就是一瓶浓缩的人生精华液，满足了我们贪婪的人生体验欲。

城市就是一个话剧舞台，给予我们个性而夸张的表达空间。

你若爱，生活哪里都可爱；你若恨，生活哪里都可恨。

一旦清楚自己想做什么，就是幸福的。

王小波说：一个人只拥有此生是不够的，还应该拥有诗意的世界。

我的好朋友，品质生活大师洽总，最近又跑了国内外好几个地方，每个城市在他的视角里都显得那么不寻常。我常问，你怎么总这么有闲情逸致，总是做一些看似无关商业痛痒的探索与分享。

"别人在逃离，那我们就在这里寻找并创造新天地。"

创作缺乏灵感或心绪不宁的时候，我就喜欢一遍又一遍看他的城市新视角。

上海的格调社交。

北京的匠心红墙。

苏州的闲庭野鹤。

不再害怕熟悉的地方没有景色。即便是城市中下榻的酒店，洽总也有了新的玩味。上海和颐至尊的典雅，东四如家精选的时尚，苏州水岸寒舍的静谧。每一个落脚点，因为人的态度，让我们感受到相得益彰的不寻常。

　　他说，人的事，是生活的大事。洽总想要带领更多不甘随波逐流的灵魂，去和平庸的生命和无趣的生活说不。

看到的都是光鲜，看不到的都是坑爹

今年来北京特别勤快，几乎一两个月就要飞来一趟，但是碰上这样程度的雾霾，还是头一回。飞机落地北京后，从机场回酒店的车上，看着这座模糊昏暗的城市，心也沉重起来。突然觉得虽然香港压力大，但至少空气好，抬头能看得见蓝天白云。想到这里，竟有一丝幸福的感动。

坐在专车里，虽然戴着口罩，但眼睛还是感到涩涩的疼，想流泪。

司机师傅没用口罩，我问他天天这样，没不舒服吗。他笑着说，习惯了，没啥不舒服的。

看着模糊的窗外，交警戴着口罩在能见度极低的马路上指挥交通；整理城市的环卫工人脚踏着车，他们应该在外面忙碌了一整天吧，没戴口罩。

和在北京工作的朋友吃饭，和他们聊着要开文化传媒公司的想法，他们笑着说当然来北京呀。我说，但是这雾霾也太恐怖了吧，你们也太拼了。

"所以我前段时间买了你们香港的重大疾病保险啊，买完后心里踏实多了，没啥好担心的，哈哈。"

这是我今年听过最冷的笑话。

我真心觉得在北京工作挺惨的，同样是一线城市，为什么一定要在北京奋斗呢。

然后朋友语重心长地和我说：**北京是最坏的城市，北京有最好的资源。**

好吧，聊回正题，在北京工作坑爹不坑爹我不知道，没在这里生活过，就没资历评判。然后我就问了身边的朋友，有些甚至还是大家所羡慕的行业——你觉得你的工作坑爹吗？居然所有人回答都是：我的工作超级坑爹的。一顿吐槽。

比如，做代购。

比如，做大家喜爱的时尚博主。

我认识几个做时尚的网红朋友。看她们朋友圈真是一种享受，今天在巴黎街拍，隔两天又飞到纽约看时装周。凡是晒在朋友圈的照片，都是一张张人像壁纸。我说你们这职业是不是很幸福啊，天天换好看的衣服，去不同的城市，还有专业摄影师团队。她说完全不是，你自己不是拍过写真吗，才拍了一下午就说眼睛被闪光灯打得掉眼泪。我们天天都这样还要摆出一副很自然、很享受的表情，超累。

被她这么形容，真心觉得——看到的都是光鲜，看不到的各种坑爹。

做代购的就更惨了。

香港有些内地港漂业余或全职做代购生意，赚个免税和汇率差的钱。看起来好像还不错，不就是买买东西，然后人肉带回或者寄给朋友、客户嘛。

但是，据做代购的朋友说，这才是真正的苦活，挣的是卖白菜的钱，操的却是卖白粉的心。现在人民币贬值，香港的价格优势越来越小，再加上内地线上电商兴起，出国游也方便，代购需求大大降低，单品利润也少得可怜。关键是，利润少的同时，还得服务好。代购行业竞争激烈，大家不只拼价格，还拼服务。客户要求细碎多样，乳液要分清爽和滋润型，面霜要问清楚日霜还是晚霜，唇膏的色号一点不能错，手机的颜色规格要不停确认，鞋子、衣服、包包更是尺码颜色款式繁多。要拍照、询价、对比，跑遍各区商场找款式、找折扣。

常常一天下来，腿都要断的节奏。发货收款后掐指一算，也真没挣多少钱啊。操心也就算了，这个过程浪费的时间才是最可惜的。

现代生活和职场，时间才是最宝贵的成本。与其把时间花在买买买的途中，真不如多看书、多思考，向牛人他们学习，进修考证，提高自己的职场竞争力。

还有一些朋友，香港硕士毕业去到著名电视台、公关公司或大国企，听起来名头响亮。实际上呢，电视台每天的工作就是搬运机器、做清洁、给节目组打杂；公关公司天天加班到凌晨，做的事就是把客户名字输入百度或是谷歌搜索，然后将出现的网页和新闻一条条复制粘贴到 Excel 表格，毫无技术含量；在大国企的，目之所见都是内部管理混乱的问题，权责不清，激励机制差，工作琐碎无聊学不到东西，每天混日子。这些工作的薪资更是微薄得可怜，也就刚够租房和吃饭。

后来这些朋友基本都走了，纷纷表示，不要只在乎单位名头，你实际做的事有没有价值，你本身有没有学习成长，职业发展的长期潜力，才是更需要在乎的东西。

"不过给简历混个好背景也挺好的。"

还有人遇到的工作，不是工作本身坑，而是工作里的人坑爹。

比如遇到不给力的同事和极品老板。有的同事自我且情绪化，沟通成本极高，明明五分钟能说好的事，得花五十分钟识别、照顾、安抚，再花五十分钟换位思考，和对方的自我固执做"斗争"……队友不给力，工作很累心。

要是遇到极品老板，他喝着奶，给下属吃着草，还一副已经对你们很好的样子，分分钟想干掉他。我认识一位个人能力极强但就是带不好团队的老板，她的风格就是随时只顾自己利益，对下属抠门苛刻，也不懂得分享知识经验，对下属的建议都是面服心不服，当耳边风吹过，照样我行我素，团队人才流失严重。

有一句话是这么说的：**任何一份多么喜欢的工作，都有几次想要辞职的冲动；任何两个多么恩爱的人，都有几次过不下去的瞬间。**

真的，看到的都是光鲜，看不到的都是坑爹。

图书在版编目（CIP）数据

个体崛起 / 陈立飞著 . — 长沙：湖南文艺出版社，2017.12
ISBN 978-7-5404-8319-7

Ⅰ . ①个… Ⅱ . ①陈… Ⅲ . ①成功心理—通俗读物 Ⅳ . ① B848.4-49

中国版本图书馆 CIP 数据核字（2017）第 237011 号

上架建议：畅销·励志

GETI JUEQI
个体崛起

作　　者：陈立飞
出 版 人：曾赛丰
责任编辑：薛　健　刘诗哲
监　　制：蔡明菲　邢越超
策划编辑：齐　章
特约编辑：朱冰芝
营销推广：李　群　张锦涵　姚长杰
版式设计：李　洁
封面设计：主语设计
出版发行：湖南文艺出版社
　　　　　（长沙市雨花区东二环一段 508 号　邮编：410014）
网　　址：www.hnwy.net
印　　刷：三河市鑫金马印装有限公司
经　　销：新华书店
开　　本：640mm×960mm　1/16
字　　数：186 千字
印　　张：16.5
版　　次：2017 年 12 月第 1 版
印　　次：2017 年 12 月第 1 次印刷
书　　号：ISBN 978-7-5404-8319-7
定　　价：39.80 元

插图来源：Visual Hunt，Pixabay，Kaboompics

质量监督电话：010-59096394
团购电话：010-59320018